編製——公益信託雷震民主人權基金・遠流出版事業股份有限公司
36號15樓　電話——(02)23493253/23495218
編號：48681785　2009年4月16日 初版一刷
頁或破損，請寄回更換　
57-32-6470-5
氏筆畫排列)

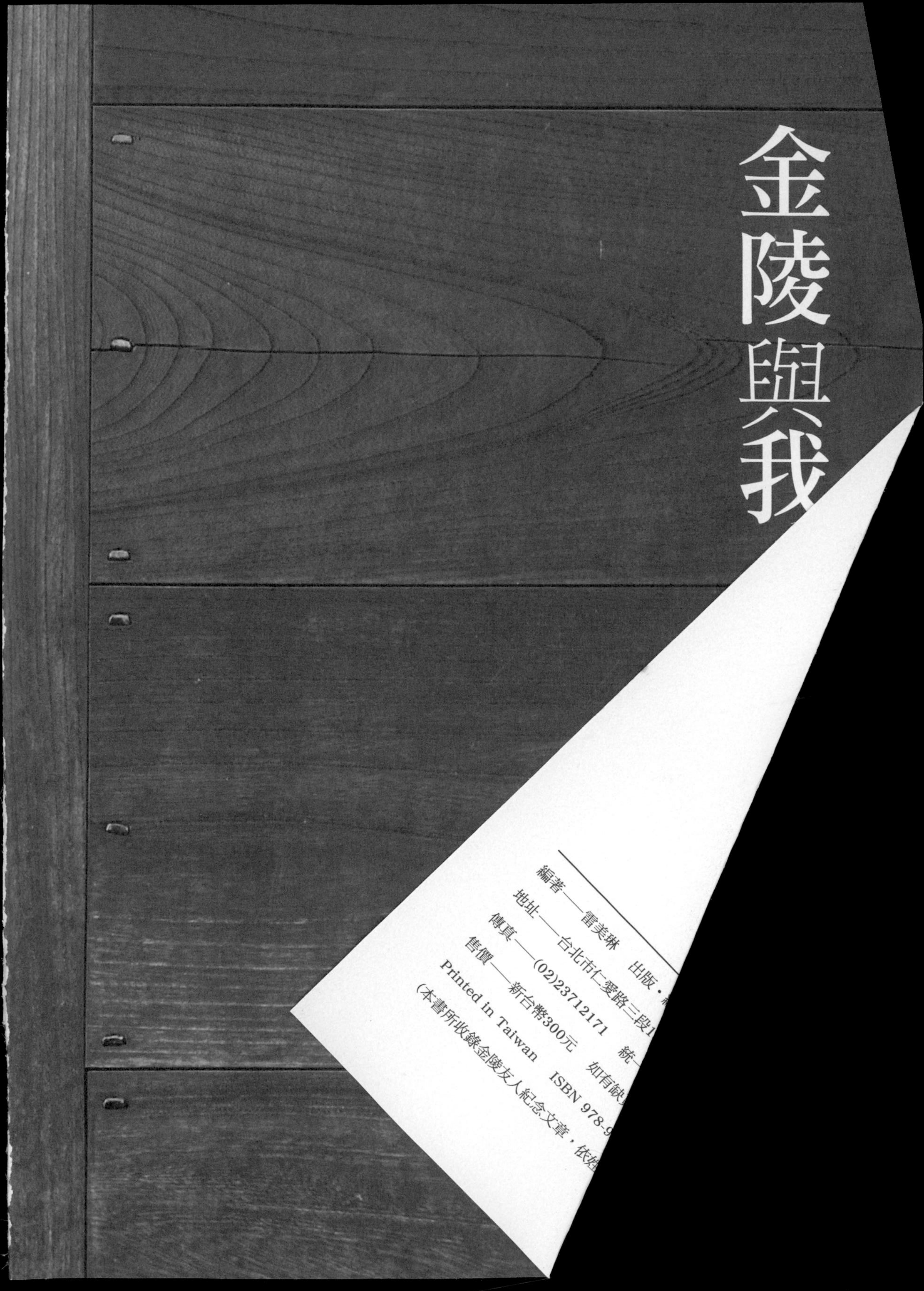

金陵與我

編著——雷美琳　出版・
地址——台北市仁愛路三段1
傳真——(02)23712171　統一
售價——新台幣300元　如有缺
Printed in Taiwan　ISBN 978-9
(本書所收錄金陵友人紀念文章，依姓

謹以此書獻給我最最親愛的丈夫

天長地久 此情不渝

你的琳

CONTENTS

我所認識的金陵

附錄

一輩子的朋友

曾志朗・王榮文

為《金陵與我》這本紀念圖文集共同寫序，是我們兩個人的光榮。大家因書結緣，彼此開展一段真誠友誼的人生之旅。如今我們以書懷念這位熱情、善良、慷慨的朋友，我們想，金陵也會很歡喜。

因緣來自徐宗懋先生。他因為在擔任二二八紀念館副館長期間，替台北市文化局策畫「雷震案與戰爭的原罪」特展（二〇〇一年十一月），而和金陵、雷美琳伉儷有密切的來往，並深獲金陵夫婦的信賴，受託代為處理雷震生前最後一批未曝光的珍貴遺稿。徐宗懋曾向王榮文募了十萬元協助展覽，展覽後有一天他帶著金陵夫婦來找王榮文，建議遠流應該出版《雷震家書》，尤其應該出版《新黨運動黑皮書》，好好安頓這份史料原跡。因為這份史料的問世，可以最大程度重建雷震的獄中回憶錄，可以呈現台灣追求民主自由人權的一段歷史，可以為每一代台灣的知識份子起指引作用。

《自由中國》雜誌和《文星》雜誌，是我們年輕時代形塑自由民主思想的來源，也是五四運動精神在台灣的延續，我們對胡適先生和五四運動以降自由主義知識份子特質的理解，都來自它們的啟蒙。有機會替雷震先生出書是不能推辭的光榮，因此二〇〇三年王榮文邀請向陽先生為雷震舊作《新黨運動黑皮書》校對

做註寫導讀；也因為出版的關係，金陵、雷美琳伉儷經常出現在遠流，遇上了偶而來遠流《科學人》雜誌交專欄稿的榮譽社長曾志朗，交談甚歡，就自然打成一片了。

雷美琳基於對父親一生奮鬥的志業有崇敬之情，對父親和全家所受的冤曲感到憤慨不平，對警備總部銷毀父親獄中辛苦創作的回憶錄簡直無法忍受，因此在許多見義勇為的律師支持下，她和其他家屬準備向政府求償國賠三億元做為公益基金，以紀念雷震並繼續實踐他一生未完成的志業。這份訴求在很多人的奔走之下，終於得到總統和行政院長的具體回應，協助募集了三千萬元基金，二〇〇六年三月七日公益信託雷震民主人權基金成立，金陵夫婦要求我們擔任公益基金的諮詢委員，協助管理基金使用在有效的用途上。雷震先生的精神可敬，金陵夫婦的熱情感人，我們自然義不容辭就答應了。

金陵愛屋及烏，對雷美琳要做的事百分之百支持，對她認定的朋友百分之百欣賞。我們就在這樣的氛圍之下一起討論公事，分享心事。我們偶而到南灣，一定接受他們的熱情招待，也會叮囑他們照顧我們敬重的駐外公僕楊啟航老友。有一次王榮文還住進他們家。他們每次回台灣，也總不忘帶給我們一人一盒巧克力。每一次見面每一通電話，金陵就像大哥、美琳就像大姐，我們彼此相識時間不長、相處時間不多，但感覺就像是一輩子的朋友。

雷震先生對民主與人權的堅持，為台灣在戒嚴時期的黑夜裡投射出一道希望的曙光，是我們這些後學的典範。金陵做為他的女婿，更表現出知識份子為理想勇往直前、不畏權勢的那份堅持。他在困頓下，仍把幾位子女教養得很好。和他在一起，我們總被他對朋友的善良所感動。我們沒有機會認識雷震，但我們有機會和雷震的女兒、女婿甚至孫兒相處，我們要說：苦難無法閃躲，但一個人一個家庭面對苦難不幸所表達出來的智慧才是最重要的。

金陵突然得癌，沒能得到好運氣抗癌成功，他的離去帶給我們不捨。我們希望，所有識得與不識得他的朋友在讀到這本書後都可以認識一個鮮活的金陵。金陵回到他的天家，我們不必為他難過。我們喜歡他，讓我們現在就一起翻開他的英俊照片，懷念他一生創造過的美麗故事吧！

懷念金陵先生

向陽

與金陵先生、雷美琳大姐認識，是一種緣份。二〇〇三年我完成博士論文〈意識形態・媒介與權力：《自由中國》與五〇年代台灣政治變遷之研究〉，取得學位之後不久，遠流出版公司的王榮文兄約我為雷震遺稿《新黨運動黑皮書》進行校註工作，以利讀者閱讀參佐，由於這是我研究領域，因此我很快地答應了，利用那年的暑假空檔，約二十天、每日工作約十六小時的苦鬥，完成了雷震這本回憶錄的校訂工作，粗略估計，光是校訂詞條就達四百卅餘條，計六萬餘字。該書在同年九月一日出版，也開了新書發表會。在榮文兄的介紹下，我與金陵、雷美琳賢伉儷認識了。

在《新黨運動黑皮書》中，金陵先生以家屬身分寫了一篇序文〈撫今追昔〉，除了詳細撰述雷震先生生平傳略之外，也提到他和雷大姐如何找到並且細心保存這份遺稿的來龍去脈。金陵先生文筆暢達，字裡行間都可以看到他對雷震先生一生追求民主人權的肯定，這固然是因他是雷震先生的女婿，但我在他的文字中看到的，則是他對於政治民主和人權保障的高度認同。在序文末段，金陵先生使用了「光明磊落，充分的發揮了生命的意義」、「以生命為真理見證」來肯定雷震先生的人格，某種程度也可以看出這是金陵先生的人生理念吧。由於我是該書校註者，也為該書寫了導論，與金陵先生當然有了文字之交的感情。

此後，金陵、雷大姐每次回台，我們大概都會在榮文兄的聚餐中會面，儘管只是短暫交談，透過對話，也可以感覺到金陵先生的開朗和寬闊，他和雷大姐夫妻情深，從細節處都可看出他對雷大姐細膩的呵護，他說話不疾不徐、眼光炯然有神，但又帶有柔和之感。在宴席之間，他傾聽，他說話，都有著見過風浪的篤定。作為一個在白色恐怖時期政治受難者的家屬，一個因為愛上雷大姐，選擇愛情而犧牲掉個人前途的勇士，他顯然甘之如飴，並且用更多的愛、更深的情，為他所愛的人付出，也為他所敬仰的雷震先生付出。這是一種一如他所說的光明磊落，他愛他所愛，做他認為對的事，不怨天、不尤人。這是我與他來往初期對他的深刻印象。我想，如果不是因為這樣的人格特質，雷震先生的遺稿可能不會被保存得如此乾淨整潔，家書可能無法被整理得條理井然，那當中有著金陵先生的細膩和對雷大姐的深愛。

其後，金陵先生和雷大姐奔走多年的公益信託雷震民主人權基金終於在二〇〇六年三月七日成立。這時的他已經發病，還抱病陪雷大姐回台灣參加成立大會，並和諮詢委員餐敘。金陵先生此時顯然已經不堪久坐，但他仍然堅強地打起精神和我們聊天敘舊，他的臉色蒼白，身形逐漸瘦削，已經不復一年多前的英挺。我們問他病情，他回答起來好像是在談別人的病情一般，雍容自若。我想，這不是因為他不害怕，而是因為他有能力面對病魔，面對人生考驗；另一方面應該是因為他不想讓朋友為他擔心太多。直到第二年他和雷大姐回台灣參加國史館為雷震先生主辦的研討會，我們方才知道他回美國之後，就入院開了二次刀，住了一個多月，出院後又在家中休養了半年，瘦了五十磅。這是多麼堅強的勇者啊。

但病魔並不饒人，二〇〇八年九月十三日，金陵先生還是離開人世了。我聽到這個消息時，內心有一種悵然的失落感，但又知道這是人生的一個不能不接受的殘酷現實。金陵先生臨終時最捨不得的，應該是他摯愛的雷大姐；最遺憾的，可能是他留下的那些尚未整理妥當的雷震遺稿和文件。他和雷大姐相伴近五十年，最後成功地成立了雷震基金，讓雷震先生生前的遺願可以逐步完成。可惜的是，他畢竟還是無法一一看到，留下雷大姐一人為他們共同的承諾奔走，如果有憾，這該是他臨終時最在意的遺憾吧。

對金陵先生更深的認識，反而是在他過世之後，透過雷大姐的口中，也通過金陵先生海軍同袍的追思文，讓我知道他當年如何在事業和愛情之中選擇他所愛，他以幾近違抗軍令的方式，選擇與雷大姐結婚，結果遭到軍方以兩大過處分，其後又將他調離海軍儀隊上尉區隊長之職，形同逼退。儘管如此，他一無怨悔，這樣的情深，在那個政治壓力瀰天蓋地的年代，需要何等的勇氣和堅毅來支持。我也看到金陵先生的同袍對他的思念，談他的一生、行誼，更加認識到金陵先生對人的慷慨、對公共事務的熱心。事實上，由他為雷震先生整理遺稿、書信，以及在籌組雷震基金過程中的言談，我也已經深刻感覺他的這種一往無悔、堅持不餒的特質。這和雷震先生驚天動地的志業，雖然不能並提，在精神和人格上則是一脈相承，讓人尊敬的人格。

能夠認識金陵先生和雷大姐，對我來說是奇妙的因緣。研究雷震先生的我，能和雷震先生的愛女、女婿交往，透過他們，更深一層理解雷震先生的家庭，這是我的榮幸。遺憾的是，金陵先生才真是「雷震通」，他因為長年整理雷震遺留下的文稿、書信，也因為他深受過政治的內在迫害，因而更了解、體會雷震先生的思想和人生。他的早逝，帶走了部份的雷震，從研究者的角度說，這多少是一種遺憾；但更重要的是，他的離開，也帶走了一個值得學習的典模：面對打擊、壓力，他勇敢承擔；在個人和公義之間，他選擇義無反顧；在事業和愛情之中，他選擇真愛，並且用一生實踐這些他的信念——這是我們在人生的兩難中最難決定的選擇，他雍容處之，坦蕩以度。在他的生命旅程的最後一段，我很高興和他有過短暫的相處機緣，這是值得我珍惜的福份。

你的好，是我的榮耀——
給我最最親愛的丈夫

雷美琳

你遠行至今已經半年，這六個月多麼難捱的一百八十天，在這世上獨活的日子，對我來說多麼不易做到，在你剛離開我身邊的那段日子，我感覺天塌下來了，曾經被你無微不至呵護著的我，在你剛離開的近一個月裡，因為你的不在惶然失措，不知如何打發沒有你的時光。孤單的我，在充滿你的氣息、聲音、笑容的家中，懷想你的一切，追憶你的一生，這才更加感受到你對我的好，更加不捨賜給我幸福人生的你的離去。我痛哭、流淚、失神、悵恨，只因為你的離去，你沒有信守永遠陪著我的承諾，而你是從來沒有違背對我承諾的，為什麼這一次你卻失信了？

你走後，我寫了一封永遠無法投遞的信給你，希望你能看到，知道我對你的好的珍惜，對你的走的心痛。我要告訴你，你永遠活在我的心裡，對你的愛，天長地久，此情不渝，我因為有你這樣的丈夫而感到驕傲。你的好，就是我的榮耀。

這半年來，我逐步地走出悲傷，因為想到你的好，看到你走後，海軍官校的老同學、歌友會好友以及許多老友對你的追思，使我更加了解你除了對我好，對待朋友、同儕、同袍也是那樣的寬闊、慷慨、仁慈，他們的追思，添加給我更多的不捨，卻也給我更大的力量和勇氣，來接受你已離開我的事實，並且鼓勵我繼續你尚未走完的人生，來完成我們曾經共同許下的夢和承諾。現在你不用再擔心了，你摯愛的琳雖然哀傷，卻已經能夠以懷念你的心繼續走下去，為我們的父親，也為你未了的心願繼續奮鬥。

這半年來，我們成立的公益信託雷震民主人權基金做了很多事，最重要的是，你生前也知道的「自由墓園」已經整修，在父親逝世三十週年那天，舉辦了追思會，馬英九總統、民進黨蔡英文主席都親自出席，和基金會的諮詢委員、殷海光基金會的董事以及我們的親朋好友，一起追思父親對台灣民主人權的貢獻。當天適逢驚蟄剛過，春雨淒淒，在父親的墓前，我忍不住又想到你，如果你能在場，你也將與我一樣，跟父親說，我們夫妻的努力，總算對父親有了交代——但是你已不在，我的淚水混著雨水又滾了下來。如果你還在，你會攬著我，告訴我別哭，我還是忍不住哭了。

同時，父親生前流落在外的手稿《我的母親續篇》，也在吳三連台灣史料基金會的檔案中被發現了。在該基金會的協助下，兩大冊父親手稿影印本正式出版，看著父親的手稿出版，面對他蒼勁的筆跡，我多希望你也能看到，這是我們這三十年來不斷想為父親做的事情，現在又完成了一樁。你一定會很高興，你比我更愛父親、更珍惜父親留下的一切。家裡保存的父親遺稿、遺物、信件，都是你細心打理，現在父親生前祕密送

出台灣的重要稿件出版了，也算是你走後我獨力為父親、為你所做的一件事。所以，天上的你可以放下心了，我要你在天上也能看到我的堅定。

但是對我來說，更重要的，是我也要為你做些事。我決定將

朋友追憶你的文章集結成書，紀念你生前為我、為父親、為朋友、同袍所做的一切，你雖然離開，但仍存活在每個曾和你接觸過的人的心中，這是我所能回報你的一件事。另外，我也準備要為你向政府爭取屬於你的應有的榮譽。因為我，你在軍旅生涯中最重要的時刻斷送了你在海軍的前途；更正確地說，因為你選擇對我的愛，無懼於斷送自己的前途而和「雷震的女兒」結縭，而使你成為「斷刀上尉」。在父親蒙受的政治冤獄陰影下，你也成為受到政治無形迫害的一員。儘管你生前從未抱怨，也不願為此向政府要求什麼，但是我已經決心要為你爭取應有的公道，儘管你已經離開，再也看不到任何遲來的平反，我將以自己的力量，為你做這件我們過去從未想過的事。

你走後，我翻讀我們年輕時來往的書信，你的字跡混雜著我的淚水，也混雜著我們曾經有過的歡樂和辛酸。尤其是在我們戀愛那階段，我們為了避免信件往來被檢查、被查扣，想盡辦法通聯的那一段，雖然也帶些憂傷，如今想來卻是讓我備感甜蜜。我們的愛情，是在父親追求台灣民主的過程中見證的，我們的婚禮則是在父親入獄後完成。你因為愛我，決定不顧一切和我結婚，你向軍中申請結婚，不被批准，你還是不顧一切娶了我，這使你被記了兩個大過，影響了其後你的升遷，被迫退伍，卻讓我得了一個相伴四十七年的好丈夫，擁有人生的幸福。你為我做的真多，付出的代價真大，你的好，我怎能忘得掉。

這幾十年來，你比我更愛父親，更了解他對台灣的貢獻。你整理他的遺稿、文件、書信，我從你那邊感覺到的是你和父親一樣的正直、果斷，以及仁慈。二〇〇三年，我們倆終於讓塵封二十多年，日夜呵護珍藏的父親遺稿《雷震家書》、《新黨運動黑皮書》帶回台灣，交給遠流出版公司精印出版，那段日子，你身體狀況很好，神采奕奕，在為兩本書寫的序中，你追述父親的一生，巨細靡遺，不僅僅是因為你是父親的女婿，我相信更是因為你認同民主、人權的價值，認同父親坎坷但又正直的一生。而這，豈不也是你一生的寫照。

其後我們經常回國，為父親的平反不斷奔走，二〇〇六年三月七日，公益信託雷震民主人權基金終於正式成立了，這個時候，你的病情已經出現，你卻毫不在意，堅持要抱病陪我回台參加成立典禮，直到回美國後你才入院開刀，治療食道癌，總計開了二次刀，住院一個多月，出院後在家休養半年，瘦了五十磅。我看在眼裡，非常不忍，你的體力已然不濟，卻仍然心心念念，要為父親做更多的事。你對我的好，是用你的心和為父親的奔走來呈現。

接下來這年（二〇〇七），你的身子日形消瘦，不堪久坐，你卻還是陪我長途搭機，三次回到台灣，參加國史館主辦的父親的紀念會，你只記得為父親、為我付出，卻隱藏你的病痛與病痛帶來的折磨，強打精神，你的勞心勞神，我永難忘懷。我們在十二月十三日回到美國的家時，你已疲累不堪。到了二〇〇八年一月，你開始進出醫院，但即使如此，你還是關心父親的自由墓園開工了沒，進度如何，頻頻催促我打電話詢問詳情。就在你離開以前，自由墓園修妥的照片寄來了，你也看到了，從你的眼神中，我看到的是欣慰，卻沒看到你的疲憊——你為父親，以及他的女兒奉獻了一生，我常想，你如果沒娶我，你也許還活著？你對我的承諾，都做到了。你是因為這樣，所以捨下我了嗎？

這次我回台，沒有你的陪伴，天氣寒冷，台北的街頭總是灰濛濛的，為了父親，當然也為了你，我留在台北，希望為你出版懷念文集，留下你在這個動亂世界、坎坷人生中的點滴。我是個平凡的女人，但你不是，你和父親在我的心目中都是偉大的人。你們都為他人而活，努力發出光和熱，來溫暖周邊的人。父親在台灣的民主運動歷史上，貢獻甚大；而你，則在我的平凡人生中留下了不平凡的愛，給我最美麗的、最幸福的人生。如今千山萬水，留我獨行，你是要我因此了解你的好，想念我們從初戀到你晚年的一切；還是要我留下來，為你做你和我還沒做完的事情，未了的心願？

我還是很想念你，年輕時的你，只為了愛我，不顧你的長官說要「犧牲與雷美琳的婚姻」的警告，反抗軍中的禁令，選擇愛情；但你還面對了這個愛情背後，是一個政治受難者家庭所必須面對的折磨與打擊。你承受，從不抱怨；你甘之若飴，並且為了父親以及我，做更多合於公道、正義的事。你的堅持、恆定，你的信、望與愛，讓我們走過蔭谷，還看到無限的光。感謝你。

我還是很想念你，想念你對我的好，想念你為雷家所做的一切。你留給我，也留給所有了解你的朋友、同袍，一個勇者的圖像。你和父親一樣，秉於信念，正義直行，決不後悔，光明坦蕩，走過一生。你和父親，是我生命中最重要、最愛、也最敬佩的兩個人。你們是勇者，卻都有著勇者難得的慈悲。看著你留下的照片，我只想跟你說：

你的好，是我的榮耀！我以我是雷震的女兒為榮，我也以我是金陵的妻子為榮！

一個人

金陵最喜歡唱的歌就是「一個人」，他自己也拍下不少一個人瀟灑的身影，每張照片都像在述說著他的人生故事。

二期星

圖說金陵的一生

官校及軍中服役

1934年出生於南京的金陵，國共內戰隨政府來台，就讀建國中學，高中畢業後懷著滿腔熱血，毅然投效海軍，成為一位優秀的海軍軍官。

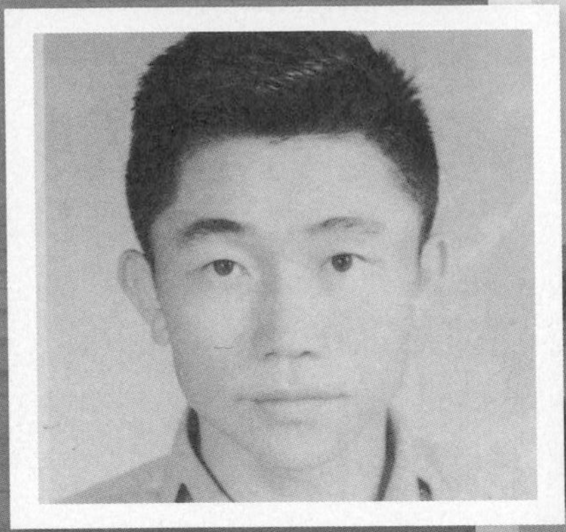

205

官校及軍中服役

金陵在官校服役時期，表現優異，風頭之健無人能及，他與李淵民（大哥，下圖左）、宮天寧（二哥，下圖右）號稱官校三劍客，時光荏苒，三人依舊意氣風發。

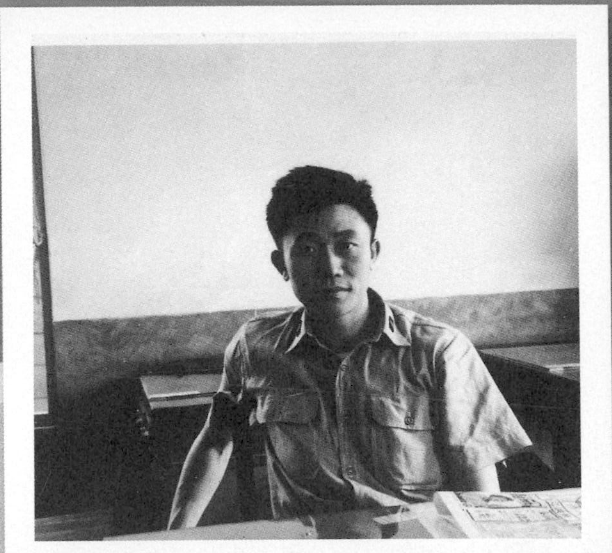

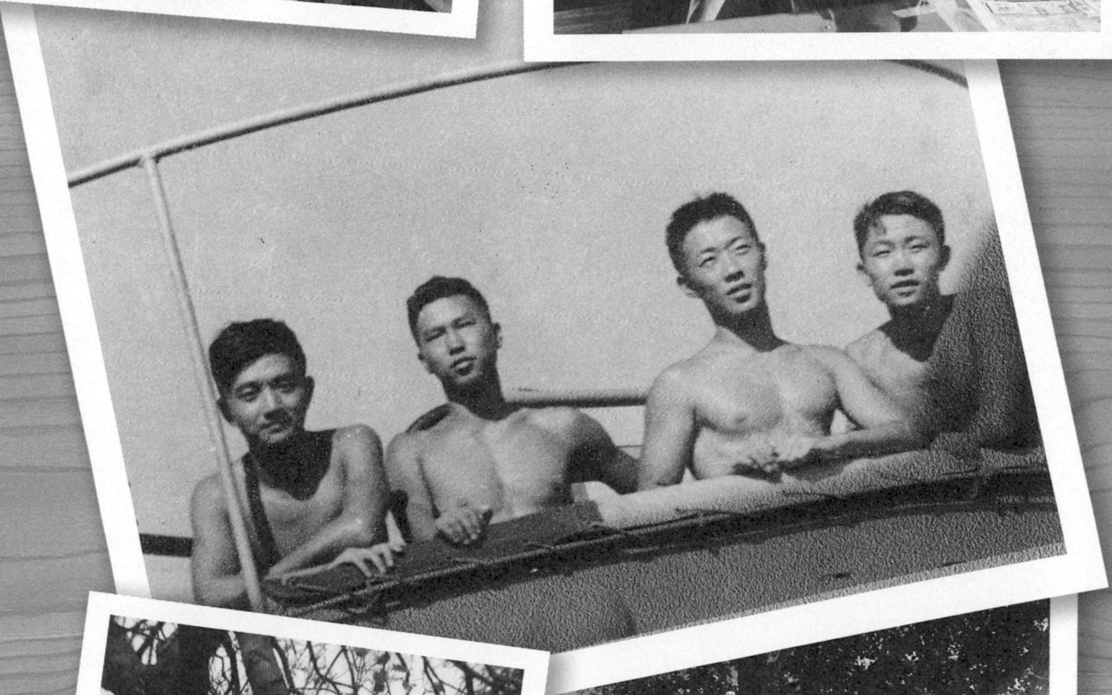

花樣年華雷美琳

清雅秀麗、溫柔婉約的雷美琳，與世新同學及婚前任職的彰化銀行同事，一起度過了一段美好而無慮的青春歲月。

獅頭山水濂洞

戀愛時期

因好友宮天霞的關係，雷美琳在十六歲時認識了金陵，兩人備嘗艱辛、歷經重重磨難，有情人最後終成眷屬。

戀愛時期

金陵對雷美琳用情極深，呵護備至，兩人交往時留下了無數珍貴甜蜜的鏡頭，照片中洋溢的濃情蜜意，羨煞所有人。

結婚日

儘管受到威脅恐嚇，金陵仍堅持與雷美琳成婚，不畏威權獨裁的政治壓力，為了偉大的愛情，即便要付出慘痛的代價也在所不惜。

結婚日

「雷震獄中嫁女」，這對新人最大的遺憾就是雷美琳的父親——民主鬥士雷震，無法親自主持這場婚禮，即使賓客雲集，心中惆悵亦難免。

幸福家庭

金陵與雷美琳婚後育有二子一女：老大金幼陵（雷震在獄中為外孫取的名字），老二金少陵，小女兒金曉文，生活過得平實自在而快樂。

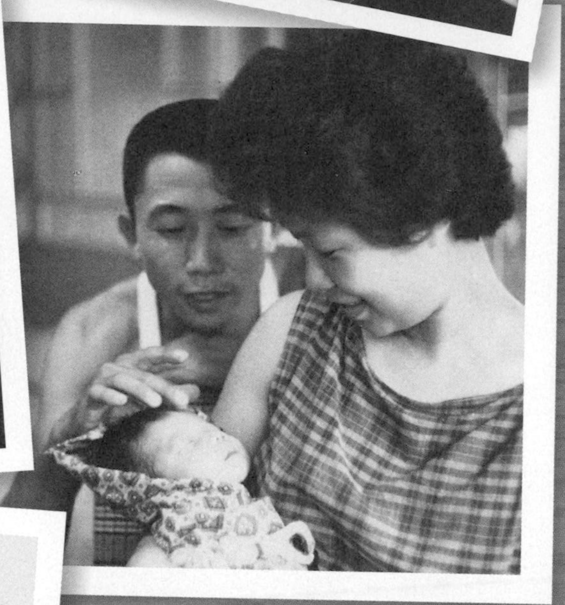

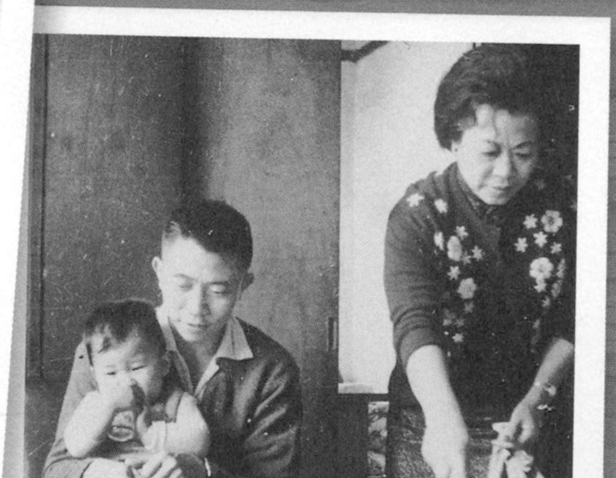

幸福家庭

愛家愛妻愛子的金陵，假日常常帶著全家出遊，家庭氣氛和樂融融，每個人臉上都洋溢著幸福的笑容。

幸福家庭

因不服從上級禁令，堅持與雷美琳成婚，退出軍隊的金陵謀事備受阻力，一家五口決定赴美展開新生活。

幸福家庭

金陵與雷美琳在美國的生活點滴，兩人承受艱苦，支撐著家庭，給兒女們接受良好的教育，如今終於一一出人頭地。

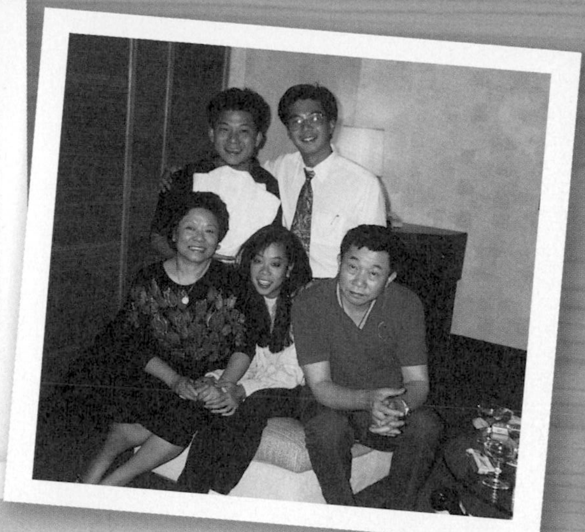

幸福家庭

可愛的小孫女（老二少陵的女兒）就像個小天使，為金陵與雷美琳的生活增添了不少樂趣，祖孫相伴，其樂無窮。

幸福家庭

金陵與雷美琳的寶貝孫子（老大幼陵的兒子）誕生，取名金效震，是為了紀念雷美琳的父親雷震。

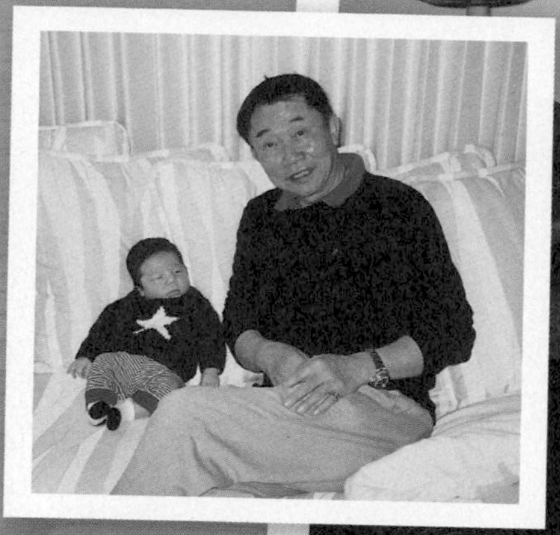

幸福家庭

金陵十分疼愛孫兒，時常帶著他們到處趴趴走，家族情感十分親密、濃郁，全家人都以他為榮，以他為傲。

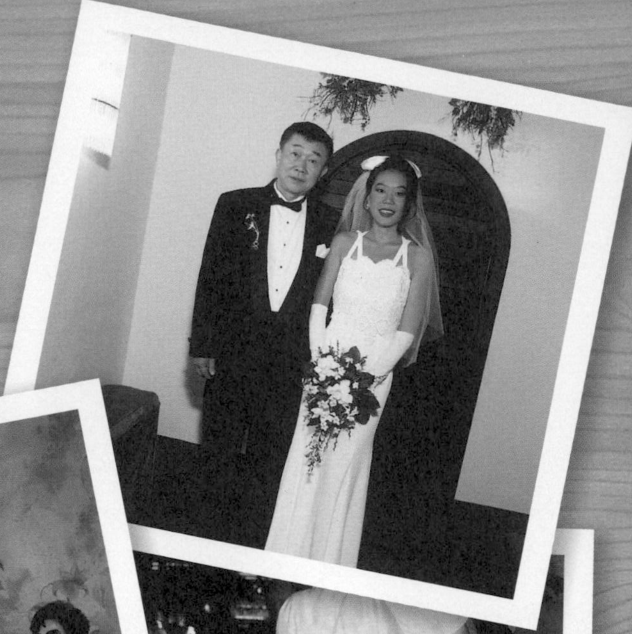

幸福家庭

金陵與雷美琳的女兒金曉文一家：波蘭籍女婿Jacek Rosicki，寶貝外孫Elton Thomas Rosicki、外孫女Zöe Annabella Rosicki，給這個家族注入新的生命及活力。

幸福家庭

金陵與雷美琳的大兒子金幼陵一家：媳婦曹樂智，長孫金效震，目前全家定居在台北。

最後一個聖誕節

同學與朋友

金陵為人靈活灑脫，不拖泥帶水，海軍官校四十六年班的同學給他取了一個外號，叫作「小金子」。

歡迎

同學與朋友

金陵待人誠懇、熱心，也很念舊，親和力十足，瀟灑豪邁、五湖四海的性格，讓他廣交各方好友。

同學與朋友

金陵個性磊落，對人重義守諾，兩肋插刀在所不惜，也因此結交了不少好朋友，受到大夥兒喜愛，大家都樂於與他為伍。

同學與朋友

爽朗豪邁的金陵，時時刻刻都把朋友放在心上，帶給大家無限真摯的愛，讓人感念不已，他人緣之好、人脈之廣，少有人能與之比擬。

同學與朋友

好友、師長，金陵的生活圈始終圍繞著濃濃的情感與深深的暖意，雖自稱「斷刀上尉」，卻是許多人心目中不凡的英雄！

灣區生活

金陵成立南灣歌友會，在各大慶典活動、賑災義演中盡心盡力，凝聚並撫慰了海外遊子愛國思鄉之情。

灣區生活

金陵與雷美琳在美經營「美而廉」餐廳，夫妻倆慷慨好客、急公好義、樂於助人，結交華人社會朋友無數，是灣區聞人。

HAPPY
NNIVERSARY

灣區生活

金陵生性好朋友、重義氣、千金一諾，有豪俠的風範，在灣區交友甚廣，他總像大哥哥一樣照顧別人，是大家心中永遠的「金大哥」。

PEPSI
Coca-Cola

灣區生活

金陵的人脈非常的廣，包括餐飲業、大眾傳播圈、娛樂界等，識者均公認他為人豪爽、率直，是一個值得交的朋友。

灣區生活

在舊金山灣區熱忱參與退休海軍聯誼的活動，並出任該聯誼會會長，深受灣區海軍同仁之敬重與歡迎，對僑界與社團的貢獻極大。

生日壽宴

一九九三年十二月四日金陵六十大壽，以及二〇〇七年回台時，眾親友為他慶賀的最後一個生日。

歐洲旅遊

一九九五年，儘管雷美琳因車禍臉部受創嚴重不願遠行，金陵仍極力說服，實現了兩人同遊歐洲的心願，在歐洲各大景點留下足跡。

新黨運動黑皮書

金陵細心整理雷震遺稿、文件、書信，出版了《雷震家書》、《新黨運動黑皮書》，並為雷震的平反不斷奔走，公益信託雷震民主人權基金終於成立。

雷震家書

雷震先生生活影像特展

系列座談會
主辦

民主前輩 雷震先生

北美海軍聯誼會青島行

二〇〇七年十月，金陵抱病率海軍聯誼會參訪團，赴青島海軍官校故址作懷舊之旅，北京特指派軍官配合北海艦隊全程接待。

青島山炮台

刘公島

我所認識的金陵

一封永遠無法投遞的信

雷美琳

金陵！我最最親愛的丈夫：

你的遠行帶走了一切，雖然我曾答應你，我會堅強地活下去，但這對我是太難了；我知道我做不到，永遠做不到！你到了天家，我們永恆的家，有一天當我看到孫子們長大了，我會去找你。不管你在哪裡，我一定會找到你。想到你，我的心好痛，好痛！你走了，我真的不知怎樣打發我自己。因為這輩子，我依靠你太久了，太深了！什麼大大小小的事，都是你在安排。當每天早上我睡懶覺，賴在床上時，你都會保護著我，怕電話或門鈴聲驚醒我，在旁邊守著，直到我睡夠了，你才去買報紙，開始忙你一天的事。我活在幸福中，從來不去想發愁的事，似乎天塌下來，都與我無關。我有一個愛我的丈夫，什麼事我都不需去管。我也相信你說的，你永遠會陪著我，直到我們都很老了；你會帶著我，我們一起去另一個世界，太美了！所以我從來沒有想到，你有一天會不守諾言，丟下我，離我遠去。你已走了二十多天了，我仍然不相信這是真的，可是你在哪裡呢?!我找不到你，臉上的淚再也乾不了。

又夢見你了！這是你走後第四次的夢見你。謝謝你來看我，你還是不放心我是吧！可是我不原諒你。丟下我，我開始有點恨你，讓我這樣的孤單；我也在埋怨天主，為什麼把你帶走，你有一個那麼美滿的家（我相信你一直不想離開的）。兩個兒子，一個女兒，媳婦，女婿和四個可愛的孫兒女，他們都愛你，敬你；還有我，愛你一輩子，永遠不曾變。你曾說過，在我們年輕的時候，我們的愛是那麼的結實，那麼的堅貞，那麼的熱烈，那麼的轟轟烈烈；相愛之深無法衡量，海可枯，石可爛，我們的愛永恆不變。感謝天主，我們擁有了彼此。年輕的時候，我們就愛得非常辛苦，三天一小別，兩天一大別。你在船上時，經常數月不見；兩地相思，寫信是我們唯一能解思念的。還有插進在我們兩人間的其他氣氛；那個年代，連交朋友都沒有自由。因為父親的關係，你一直被注意，所以我們因為怕信被扣，怕收不到，曾經彼此把信編號。婚前我們曾寫了幾百封，這些信我們一直珍藏著，不時的拿出來一起看，回味著年輕時的種種。也因為你要避免船上政工官的打小報告，找麻煩，偶爾也去吹你和某某人跳舞、約會；這些風風雨雨傳到台北我的耳裡，我們不只一次的爭吵，兩地相隔還要吵架。當然最後總是煙消雲散，相愛更深，謝謝你的用心良苦，現在想起來，仍使我心痛，畢竟那時候我們是太年輕了，也謝謝你不顧一切，雖然結婚申請沒獲批准，你還是娶了我。于衡的一篇〈雷震獄中嫁女〉使你記了兩個大過，但我們在一起度過了四十七年快樂的日子，廝守了半個世紀，生兒育女，生活雖曾很辛苦，但總算都過去了，只是你曾答應陪我一起度過五十年金婚的，這是一個美麗的夢，卻永遠不可能實現了！我也很抱歉，你想在海軍有很多的發展，也因為我使你斷送，你從未抱怨過，沒有怪過我，還自嘲是「斷刀上尉」；也謝謝你對爸爸的愛，你說過因為愛我也更瞭解爸爸的偉大。你曾說你是雷震通；你整理父親的書信文稿非常辛苦，尤其是我因車禍傷了眼睛後，所有的事你都一肩挑，全部承受。我知道父親所有的兒女中，你這個半子，盡了最大的力，做了很多事。父親會感到驕傲而非常感謝你的。

還記得我們年輕時，我曾對你說過的一句話嗎？每當你離開一個工作時，你的朋友、屬下會合起來送你鋼筆、茶杯及日記本等小玩意兒，你都會很高興地帶回來給我，我也會珍藏著。船上的水兵，士校的學生，許多人於很多年後，仍會寫信或是來台北家中看你。我曾說：「我不一定希望你將來多有成就，我只希望你受到別人尊敬，別人愛你我會更高興。」幸好，這些你都沒有讓我失望，你都做到了。在舊金山灣區「金陵金大哥」是很受別人愛戴的；你說的話別人都會聽，一言九鼎。你走了後，寄給我的慰問函，像雪片樣地飄來；很多年不見的朋友，都是看見報紙上的大幅報導，才知你病了，你走了。他們在信中、卡片上寫了很多你曾幫助過他們的事，有些事我知道，另一些你也沒有告訴過我。我想你幫人找工作、替人擔保或是借錢給人，這些事你在五十年前就常做過；婚前我在彰銀工作，你常交代我寄錢去南部，為某某同學紓困；出國前我在台北市銀行，你也是常幫人調頭寸，即使有人出了事，無法歸還，你也一笑算了。最妙的是，有一次我要你去收房租，你不但沒有收著，反而把身上的錢借給了房客，我問你為什麼，你還理直氣壯的說因為快過年了，人家沒錢吃團圓飯。這是你的個性，愛管閒事，喜歡幫助人；雖然我曾說過你，但我知道你是改不了的，這也是你的優點。在舊金山我們住了三十多年，你有許多的朋友，都是用心換來的友情；你先後創辦了「南灣歌友會」及「北美海軍聯誼會」，歌友會成立了二十年，歌友人數龐大，多達數百位，在灣區歌友會中闖出一片天，許多的大型晚會，都會邀請歌友會助陣；在教堂的追思彌撒時，歌友會的好友們，曾為你唱了一曲你最喜愛的中文歌「一個人」，令我深受感動，淚如雨下。海軍聯誼會許多小老弟，含淚為你抬棺；你的學長徐學海將軍在台上讚你「為人夫，為人父，有情有義，對袍澤的友情，令人念念不忘」；歌友會的陳陵說：「你人好、文章好、歌聲好」；邱智美獻給你兩句話：「光明磊落，心可比日月；俯仰無愧，瀟灑走一回」；王琦說金大哥是個大好人，一定是去了一個非常的仙境了！她也要謝謝你在太浩湖露營時，我們把旅館的房間讓給她爸媽住——這是十幾年前的舊事，我早已忘記了；杜維新在《世界日報》投稿，感謝你鼓勵他，指導他寫文章，他說在懷念你的時刻，更要說一聲「金大哥，我的老師，多謝您！」許多人都說感謝你，捨不得你，種種情誼，深埋我心中，也勾起了我許許多多的回憶，也更想你。任何時候，任何地方，都讓我想起你，我多麼希望你要是忽然出現在我眼前，那該多好！

自從你二〇〇五年九月被發現有食道癌，這三年中你先後電療、化療及開刀，我都陪著你走過那段辛苦的日子。你走後我一直在想，是不是我對你不夠好、不夠周到、不夠細心，或是我該阻止你接受開刀，會令你今天還在我身邊？金陵，我好後悔！

可惜世界上不會有後悔藥。我也不原諒我自己，這幾年真夠你苦的，我逼你吃東西，你不吃我就罵你；以前對你千依百順，你要做什麼，我從不反對；這幾年來我們一直在吵，我相信這段時間，你一定很討厭我。看著你一天天的瘦弱，體重不斷地減輕，我非常擔心，夜夜失眠；我怕你有危險，我要你永遠活在我身邊，所以我要你吃東西，可是我並不知道你吃會那麼痛苦。你為什麼要忍住，什麼都不說？你兒子說你是勇者，從不叫痛，是為了怕我擔心嗎？謝謝你為我做的一切，真的，下輩子再還你吧！記得二〇〇六年四月，你在醫院第二次開刀，因為內出血，很危險，我為你祈禱，告訴天主，求祂保佑你，一定要幫助你順利度過，如果要把你帶走，就連我一起帶去，否則就把你還給我；幸好那時我如願了，可是祂畢竟還是從我身邊把你召去了。現在，當一切病痛都離你遠去，你在天堂享受時，希望你不再怪我，原諒我，你這個無知的妻子。你兒子很體貼，在棺中放了許多你喜歡的東西，如麻將、牌九、象棋、你愛唱的中英文歌唱光碟、賭場的籌碼（你兒子請賭場以快遞送來的）、你專用的稿紙、鋼筆、眼鏡、你愛的皮夾克等等；還有小老弟送的，從台北寄來的海軍軍旗及海軍官校校旗；你帶走了很多，尤其是我們的心！

還記得七年前那個美麗的夏天嗎？我倆帶著孫子去看理民，還約了宮天寧、王義平夫婦，你們在他們家打牌聊天好快樂。然後宮天寧開車帶了我們長途跋涉開了十個小時，去康州找宮天霞，還走錯了路，你和宮天寧一路鬧不停；在天霞家住了五天，馬青雲也從紐澤西趕來，幾個老友多年不見，我們玩得好開心，聊得也過癮，說天道地，談今論古；我們還說如果我們老了，一定要有一個先走的話，我希望是我。我要先走，因為我太差勁了，膽子又小，凡事都要靠金陵，我不能一個人獨立生活，我太依賴金陵了，你馬上說「不行，你照顧了我一輩子，我什麼都不會，我也不能一個人生活，如果你走了，我一定跟你一起去。」當時雖是閒聊，胡說八道，但也可瞭解我們是互相多麼依賴彼此。天霞還說好羨慕：「從來沒有看到一對夫妻，像你們這樣幾十年相愛，從不分開，祝福你們永不分離。」我多麼希望那一刻永遠停留！言猶在耳，你卻走了。想到這些，真使我感慨萬千！我想先走的幸虧是你，以我目前的情況，我想你會受不了，太痛苦了。要忍受這樣大的悲傷，讓我來承受吧！也許我更勇敢些，先走的人是有福的。我已真正的深刻的體會了這句話，金陵，你比我有福。

你們班上五十週年班慶，我們全家都不贊成你千里迢迢去參加，但你很想見見許多老友，結果我只好同意陪你去。在台北、高雄的聚會，你很累，忍住痛，仍和同學們談笑風生。我很擔心，但我沒有阻止你，回家後你告訴我說累得很不舒服。我也要對你的同學們說一聲非常抱歉，五十年班慶我們沒有表現出十分關心，也不是捨不得，而是你身體不好，大多數的時間，你要休息；在家裡，你幾乎都是躺在床上，體力不濟。我要為你聲明一下，同時也是你的一些想法和有些同學不一樣；有些同學固然是好意，要捐款招待過世同學的太太們來出席慶會；可是你更體貼些，你認為去參加的人不會多，不如選代表去看看她們，或是買些東西去慰問一下。因為你的意見沒有被採納，所以你也沒有再多提出意見。我知道你的想法很對，以目前我的心情，我也不會喜歡去參加你們很多同學的聚會，因為看到他們，我會受不了，因為沒有你的存在。

看到《四六園地》中孫延陽那封有關班慶專刊欠缺費用的信後，當植甫和袁圓八月下旬來看你時，我曾告訴植甫我預備代你捐一千元給孫延陽，植甫告訴我，洛杉磯地區同學已討論過這件事了，並已請李淵民出面發信，籲請海外地區同學以美金三十元為原則捐款支援；所以當你走的前兩天，淵民和耀燊來看你，你很高興，笑得好開心，我也把一百元美金交給了淵民，也算是聊表心意。你是一個非常喜歡幫助別人的人，為善不為人知；大陸水患、台灣地震、防癌協會、教會等之捐款你從不落人之後；在灣區，只要是金大哥出面，什麼事情都會圓滿解決。我不是在這裡為你吹噓，不需要，你從不要人家知道，該做的你都會去做。我們不是很有錢，可是我們也沒有把錢看得那麼重，你同學的誤解，你也不怪他們，只是看在我的眼裡，有說不出的心疼；我只想告訴你的同學，你是一個很好很熱心的人，受人尊敬，許多朋友、小老弟都很愛你；我的弟弟妹妹說，從來沒有聽你說過哪個人不好，你認為天下的人都是好人，尤其是你認識的。四十六年班有你這位同學應該感到高興；你沒有替班上丟臉，我也因為有你這位丈夫而感到驕傲。

金陵！我的愛，這封信是在哀傷中寫的，很零亂；告訴你一聲，你走了，從此我將帶著你的骨灰和照片（以前皮包中從來沒有你的照片，都是兒女孫子們的，因為我們都是在一起，沒必要把你放在皮包裡）浪跡天涯。骨灰盒子做了四個（兒子留了十分之一骨灰），兒女們和我各一個，永遠帶在身邊，所以你也不會孤獨。至於我倆的信件，我也告訴了兒子，將來有一天我走時，千萬要讓我帶走，我要帶著那些屬於我倆的東西去找你。此時我心裡想到的是千山萬水我獨行。

家永遠為你開著大門，兒子問我要不要換個房子，怕我觸景傷情，我說不要，如果搬了家爸爸找不到我怎辦！希望你常常回來看我，我夜夜等你，在夢裡。金陵！我最最親愛的丈夫，保佑我能走出悲傷，我知道我可能永遠做不到，我也瞭解你不希望我如此痛苦地活著，你要我快樂，我一定會試試，為了你，我不要你為我擔心。我想你，很想你，你永遠活在我的心裡、我的記憶裡。讓我再說一遍：我愛你，我最愛的丈夫，在天家等我。謝謝你的許多同學來看你：劉若鐸、吳漫宇、高耀樞、李淵民、張耀燊、李植甫、陳可崗、朱再兮、林孝悌、牛振鏞、許作廉、張鴻是、曹旅蓬等等；還有很多同學打電話慰問我：鄭澤暉、張群誠、楊嘉惠、宮天寧、張泉增、高理民、朱偉岳、楊克勇、耿蘊韶、劉文緯及楊旭奎（他曾打了兩次電話）；在九月二十日的喪禮中，除李淵民外，尚有田民豐、沈宗濤及高耀樞夫婦前來弔唁。這麼多同學的溫情！我會一一代你謝謝他們的。但願時光會倒流，我會珍惜和你在一起的分分秒秒！祝福！

你的琳　二〇〇八年十月五日

再者：

不要擔憂，我不會一個人生活的，大兒子要我去台北和他們一起；女兒希望我搬去同住；小兒子說以後去任何國家出差或開會都要帶著我。何去何從，我在考慮中，至少在這個世上，沒有了你，我不是那麼孤單，一切總會慢慢上軌道的，我會嘗試著去克服一切。我堅信，親愛的，放心吧！願你安息！

琳又及　二〇〇八年十月六日

鶼鰈情深

金陵與雷美琳這一對神仙眷侶，去到哪兒總是如影隨形，彼此扶持走過半個世紀，他們的愛情故事同時也道盡了白色恐怖時代的無奈與冤屈。

久久活海鮮

entosa

走出陰霾，不再暗自哭泣

——先父雷震《我的母親續篇》手稿出版感言

雷美琳

「吳三連台灣史料基金會」及「公益信託雷震民主人權基金」將出版我的父親雷震先生《我的母親續篇》手稿，負責此書出版的國史館前館長、吳三連台灣史料基金會董事張炎憲先生希望身為雷震女兒的我寫篇序文，何況此書出版選在二〇〇九年三月七日父親過世三十年前夕，意義重大，我當然義不容辭；可是此際的我，因為外子金陵剛離開了我，我的感嘆何止萬千，一提起筆，父親、外子總在我腦中浮現，與他們一起的點點滴滴便歷歷如繪，湧上心頭，我怕提起他們，也怕寫他們，因此當初炎憲提出時，我曾婉拒，謝謝炎憲一再鼓勵我，我才有這個勇氣追溯有關父親這本手稿的種種。

一九六〇年九月四日我的父親遭非法逮捕，陷入政治黑獄，整整十年。父親為追求自由中國的民主蒙難，迄今已過四十八年。歷史證明，我的父親一生追求自由民主理念，至死不渝，由於先知先覺，倡導力行，直言不諱，雖然終至成為關鍵時刻的殉道者，但是他所留下的事蹟和奮鬥精神，則受到各界肯定。

二〇〇二年國史館出了多本《雷震史料彙編》，揭開當年蔣介石以「知匪不報」與「為匪宣傳」二罪非法逮捕父親的真相，透過蔣介石親批的信件，終於讓後人了解雷震案是蔣氏父子製造的冤案，還了父親的清白。民主的雷聲，人權的鬥士，我的父親當之無愧，我與外子金陵多年的奔走總算有了代價，我要謝謝國史館，也要謝謝台權會律師諸多的辛勞。身為父親的女兒，我以他為榮，同意將他的回憶錄手稿出版，是希望能夠在歷史的幽光中，留存當年父親對抗威權統治者的身影、精神，還原歷史真相，而不是為了報復。

因此，在吳三連台灣史料基金會決議出版父親遺著《我的母親續篇》手稿時，我欣然同意。炎憲找我去簽字同意出版事項，我告訴他，很多事冥冥中都有一定的定數，當年一九七八年三月，我回台探親，離鄉四年多，第一次回去，有一天半夜二點多全家人都熟睡了，父親到我的房間敲我的門，說有重要的事要告訴我，我穿了睡衣到父親的書房，爸爸很慎重的說，他有一件很重要的東西要送給我，希望我好好的保管，將來要想辦法託人帶出去，然後父親就在床下一堆舊報紙中找出一包稿子，有一包在衣櫃中，另一紮在衣服堆裡，還有一包在書櫃裡藏得很隱密，他要我記牢各處地方，這就是《我的母親續篇》這本手稿。一個月後我離開了台灣，飛回美國，不久我在美得知，這篇稿子已經由我母親向筠女士交於陳菊女士，託外國人（編按：應是Lynn Miles）帶去香港出版了，是外子在舊金山中國城買了一本給我，想不到三十年後的今天，還是需要我這個當初的擁有者來簽約出版。

回首三十幾年來，我和外子金陵為父親也做了一些事。

二〇〇三年，我們終於讓塵封二十多年，小心翼翼呵護珍藏的父親遺稿《雷震家書》、《新黨運動黑皮書》兩書，交予遠流出版，完成了我和外子多年的心願。

二〇〇六年三月七日，公益信託雷震民主人權基金正式成立，外子金陵抱病陪我回台參加，一週後我們回美去醫院，他開刀治療食道癌，在醫院開了二次刀，住了一個多月，出院後在家休養了半年，瘦了五十磅，體力不濟。

二〇〇七年我們曾經三次回台參加國史館主辦的父親的紀念會，十二月十一日父親一百一十歲的紀念郵票在台發行了。十三日我們匆匆離開台灣回到美國的家，這時金陵的身體日益瘦弱。到了二〇〇八年一月，他開始進出醫院多次，到了六月間，他還關心父親的墓園是否開工，要我打電話詢問詳情，催催進度，他走前，墓園修妥的照片寄來了，所有他關心父親的事，似乎是全辦完了，他承諾我的一切都做到了，我非常非常感謝他。為了雷家，這個半子做得太多了。他的好友比兄弟更親，六十多年交往之李淵民說的，他對雷家特別有孝心，他也曾說，因愛我更了解父親的偉大，他整理父親的文稿、書信多年，自稱「雷震通」，只是多遺憾，沒有陪我多一點日子。

今年（二〇〇八）九月十三日，伴我五十多年的外子終於離開了我，對於我這是一段可怕悲傷的日子，半世紀多的相依，使我凡事不能自己處理，我只要叫一聲「金陵」幫我找什麼，我要什麼資料，他馬上送到；在家我什麼事都不需管，除了他不會燒飯與家事以外，我的一生都是依賴他，有關父親的事都是他陪我回台處理，三十多年來，我們辛苦的奔波，常常求告無門，他總是安慰我不要灰心，辦不成有什麼關係，就算我陪你回來玩一趟，這輩子我總會陪著你辦好所有的事。如果不是外子的堅持及全力支持鼓勵，我懷疑自己是否能完成這麼多的心願。

二〇〇八年十一月二十四日，第一屆「雷震民主人權紀念」講座在台北舉行，我獨自去參加，這是第一次沒有外子相伴，我感到千山萬水我獨行的悲哀，他沒有走時，一再告訴我，他會陪我去的，我雖然感到他太弱了，不可能長途跋涉，但我從來沒想到他會離我遠去。

我的一生，有二個深愛我的人，一個就是我的父親，另一個就是我的外子。從小父親就非常喜歡我，從有記憶開始，在家我與父親最接近，我的童年過得很幸福，活在父愛裡，父親的朋友，識與不識我的人，都知道父親最愛我，不管發生什麼事，第一個想告訴的人便是父親。記得我剛認識外子時，我曾告訴爸爸，我認識了一個男朋友，我很喜歡他，那時我才十八歲，父親只說你太年輕了，要多讀書，在世新唸書時，軍訓教官曾出了一個作文題目「你心目中最偉大的人物」，我當時寫下了與眾不同的答案「我的父親雷震」，想不到引發軒然大波，事實上我寫父親的耿介、忠實、不畏不懼、不屈不撓，是我在現實生活中體念出來的，卻未料到惹來如許困擾，事隔幾十年，我仍然高興當年我是那樣寫的。父親在我心中應是一個不平凡的人，我除了像一般人一樣的尊敬他以外還有份愛，我總怕這枝笨拙的筆，寫不出父親完整的萬分之一。我的父親是世界上最好的、最溫馨的慈父，他照顧我們每個子女，只要我們有困難他永遠在你左右與你同在，為你解決一切。

我的外子金陵，當年他曾不顧長官的「犧牲與雷美琳的婚姻」之勸，一個平凡的人卻做了一件不平凡的事，拒不服從上級的禁令，他反抗了那個不合理的制度，在白色恐怖的年代，這是需要很大的勇氣，他堅持娶了我，曾引起軒然大波，從此斷送了他的前途，他從未抱怨過，沒有怪過我，還自嘲是「斷刀上尉」，這是威權時代的小故事，雖然不能名留青史，至少勇氣可嘉，他就是我的外子，今天當我在這裡，懷念他時，我也譴責那個可怕的年代。當年父親鼓勵我和外子出國發展，他知道我們在台灣受他影響而加諸的種種限制，那個時代，政治受難者的家屬，處境是可悲的，艱辛的，這也是我們離鄉背井出國，另謀生路的原因。雖然在一個陌生的國度，生活很辛苦，可是我們提供子女們一個讀書、工作的好環境，讓他們今天都很有成就。

如今父親和外子都離我遠去，他們留給我的啟示是，你認為是對的，該做的，就要勇敢的去實現、去完成、不懼強權。我想父親和外子都是勇者，值得世人尊敬。公益信託雷震民主人權基金的成立，外子也盡了一份力，奔走多年，我希望在我有生之年，能為這個基金會做更多的事，來回饋我們成長的地方，也不辜負外子的心血，我以我是雷震的女兒而感到驕傲，我也以我是金陵的妻子而感到驕傲。我只是一個非常平凡的女子，因為有了他們才使我的人生更豐富，變得多彩多姿，我更願因為這本書的出版，能撫平幾十年來一家人所受到的無盡的屈辱與創傷。從小籠罩在雷震案陰影的家屬終於走出陰霾，不再暗自哭泣心傷。

二〇〇八年十二月二十日於舊金山

In Loving Memory of Wesley Chin

December 4th, 1934, Andy Chin
September 13th, 2008

Last September the angels came and took away my father. Dad faced life with the most positive and realistic attitude of anyone I have ever met. He enjoyed life to its fullest. He loved life beyond words. He never knew a stranger. He could be in a room with a thousand people and walk away with a thousand friends.

Not a day has gone by that I have not thought of him, and long to hear his voice, or to listen to him singing. And I wish I had the chance to tell him how much he meant to me. He was always been the pillar of strength in our family during many crisis. And believe me he and Mom had their share of rough times. But, he always hung in there, facing his hardships with as much passion as he did in the good times; always finding a way to improve each situation. Dad walked away from a comfortable and familiar life in Taiwan, and started new life in US. Despite of knowing the hardships of immigrant family, he made the decision to let his children to grow up in an environment where there is freedom to speak, no shadows looking over your shoulders, and where opportunities are plentiful. Our early years in US were not easy. Dad had wait tables in Chinese restaurants where he worked long hours and come home late in the night to save up working capitals to open his own restaurant. My father was a proud man but he never complained even sometimes I knew he had bad days at work. Dad was a strict but fair parent. He understood the hardship of being immigrants, and education was the only way out. I still remember he made us turn in 10 new vocabularies and 10 sentences a day. It is his insistence that accelerated our progress.

He was a man of principle, he stood true to his convictions, he lived those beliefs each and every day, not wavering or buckling under to pressure from the world around him. And for this he was respected and admired for being a man of his word. One instance really stood exemplified his integrity. I think I was around eight or nine at the time... We found a briefcase full of cash in the back of taxi, and the taxi driver wasn't aware of it. He insisted taking the briefcase to the police station where we found out there was one hundred thousand dollars in the case. It was a lot of money for back then. I remembered vividly how grateful the owner of that briefcase was when he came to the police station. He was on the verge of committing suicide. This man offer ten thousand dollars as reward but Dad just smile and said, "Be careful with something that precious." It stayed with me all these years being man of integrity is most precious thing I learned that day.

In late 2005, my father was faced with his greatest challenge of all...cancer. He was diagnosed with esophagus cancer. He fought hard like a fighter he truly was. For the next two and half years, Dad had two major operations, numerous radiation and chemotherapy. And these procedures really sapped his strength but didn't diminish his spirit. He still enjoyed activities with his family and friends; and he kept his humor, and positive outlook throughout. But the aftereffect prevented Dad to eat right and it weakened him in his final months.

At last, September 13th before mid night, Dad went with the angels who came to lead his way to heaven. I know his pain is gone; once again he is laughing and singing in heaven.

In spite of my grief, I have learned to accept his passing all the while knowing I will see him again. I know that by listening to my father's words, and living by his example, I will be led to heaven to reunite with him once again.

Thank you Dad, for life's lessons you have taught me along the way, and for the example that you set for me. For being always there to help even the times I really didn't want it! I am so proud to be your son.

Love, Andy

WHAT CANCER CANNOT DO...

Cancer is so limited

It cannot cripple love.

It cannot shatter hope,

It cannot corrode faith.

It cannot eat away peace.

It cannot destroy confidence.

It cannot kill friendship.

It cannot shut out memories.

It cannot silence courage.

It cannot invade the soul.

It cannot reduce eternal life.

It cannot quench the spirit.

It cannot lesson the power of the resurrection.

AND, IT CANNOT DIMINISH OUR LOVE FOR YOU, DAD.

愛的回憶——我的父親金陵

Wesley Chin, 1934.12.4.~2008.9.13

金幼陵

去年九月，天使降臨並帶走了我的父親，他是我所見過最積極樂觀的人，一生過得充實，熱愛生命超乎言語可形容，結識的朋友不知凡幾。

這段時間以來，我日夜思念著父親，渴望再次聽到他的話語、他的歌喉，也非常希望能親口表達，他對我來說有多重要。多年來，父親一直是家族中的重要支柱，與母親兩人攜手共體艱難，遭遇逆境他不改堅強個性，總能使全家安然度過。父親深深瞭解移民家庭的困難之處，但他仍下定決心要讓小孩能成長在一個言論自由、無懼、充滿機會的環境裡，於是從舒適熟悉的台灣來到美國展開新生活。我們的日子一開始並不輕鬆，父親在中國餐館端過盤子，經常超時工作直到深夜，全是為了能夠多存點錢開設自己的餐廳。我的父親是個驕傲的人，儘管我知道他工作時有不如意，但也從未聽聞他抱怨。在我嚴格但公平的祖父母影響下，我的父親對待我們的教育態度也是如此。他深知移民生活大不易，讓孩子接受良好教育是唯一出路，所以在童年時期，我們被要求每日須熟習生字和新句子各十個。因為父親的堅持，我們的學習進步神速。

父親處世講求原則，堅持自己的信念，不受外在壓力所動搖。他也因信守承諾而受人景仰。在我幼年時曾發生過一件事，足以證明父親那不欺瞞他人的個性。記得是在我八、九歲時，我們在計程車上發現一個被前位乘客遺落的公事包，連司機也未察覺，父親執意交給警方後，才曉得裡面裝有十萬塊錢！在當時那可是一筆大數目。我至今仍能清楚回憶起失主到達警局時，他欣喜的神情。因為遺失這筆鉅款，他差點自殺，出於感激之心，他願意提供一萬元作為謝禮，但被父親謝絕了。父親當時只是微笑地勸他：「小心貴重物品。」這件事深植我心，並學到為人首重正直。

二〇〇五年末，我的父親遇上人生中最嚴苛的考驗——他被診斷出罹患食道癌。對抗癌症，他是名英勇戰士。後續的二年半裡，父親接受過兩次重要手術，以及無以計數的放射線治療和化學治療。這些醫療過程雖然奪走他的氣力，卻絲毫沒有消滅他的心神。他依然與朋友家人共享戶外活動，富有幽默感，並且持續正面思考。不幸的是，療程的副作用使父親無法正常飲食，身體在最後幾個月裡每下愈況。

九月十三日午夜前，父親跟隨來帶領他的天使一同去了天堂。從此，他的痛苦消失，他能在天堂歡笑與歌唱了。

儘管悲痛，我已學著接受父親的遠離，但我相信未來必會再相見，因為我知道，只要聽取父親的教訓，以父親為榜樣，必定也能入天堂，與他團聚。

謝謝您，我的父親！謝謝您教導過我的人生哲理與您為我樹立的榜樣，也謝謝您在我尚未開口前，在一旁隨時準備提供幫助！我以當您的兒子為榮。

癌症之所不能……

癌症一點都不可怕

愛不因它殘缺

希望不受它動搖

信念不因它受損

安寧不被它吞噬

信心堅若磐石

友誼依然堅定

回憶不曾消失

勇氣壯大如昔

它無法侵襲靈魂

它減縮不了永恆

它撲滅不了精神

它無法抵抗復活力量

而且，爸爸，我們對您的愛從未因它失去一分一毫。

Thinking of Dad

Tom (di di) Chin

Just short of mid-night on September 13th, 2008, I lost my dad's heart beat (I first lost his pulse on his left wrist about 8:00pm, his heart beat and gentle exhalation were the only signs he was still there, until 11:59pm...). To this date, I still don't quite grasp the fact that Dad has left us, and to certain extent I feel this doubt would last a while to come.

It was a difficult time when we first found out Dad has cancer in the esophagus; at the same time, it was also somewhat comforting that if it had to happen to somebody, my Dad would beat it, no question.

Dad was a Naval Officer; he certainly acted and marched us during our childhood like one at home. We always looked up to him, and feared him at the same time. Personally, I don't recollect much of my childhood in Taiwan, other than some of the foods and my bad behaviors that comes to mind from time to time. He was very strict, and we had it planted in our heads that we can always do better, no matter how good we've done it. He was a tough man to please...

Dad changed after bringing all of us to American in 1974, while I don't recall when the exact change took place, he became as gentle as they come. I don't know of a single person that tried so hard to bring a family together, my Dad always had a way of making sure all of us stayed close together, not only on special occasions like Chinese New Year, Christmas, Thanksgiving, all the birthdays, but always.

As I look back, I couldn't imagine if I was in his shoes; bringing a family of 5 with not much money in his pocket, starting a brand new life in a foreign land not knowing many people. He waited on tables to make ends meet, raised us as best as he could, he never once complained. Later in life, I understood he didn't want us to go through what he and my Mom went through, and wanted a better life for us and left the comfortable life back in Taiwan. I also took notice that both Andy and Ann practice the same patience, caring and love for their children as a result of my parent's upbringing.

Shortly after Dad's funeral, I took up the task of going through old stuff. I realized all the times that he taught and preached to us to be a better person, he was also proud of us (Andy, Ann, and me). I found numerous memorabilia when we were growing up; a simple certificate with my name on it, Ann's high school track and field race, Andy's first job offer, etc... Everything I've ever given him, he held on to it as priced possessions.

My father was regarded as a "big brother" amongst his friends and community; people were attracted to him I think by and large due to his patience, and caring nature. While it sometimes felt hectic as the traffic flow though the house can be overwhelming, he never once turn anyone away that need his help, or simply his ears for listening.

My Dad loved life, as I look back, I believe he loved everyone more than he loved himself. While I'm sure many will agree with me he genuinely cared about the well being of everyone he knows, he went out of his way to do things that would better others lives. Often times, he would reach out and help people that he didn't even know, and made sure whatever help it was needed, was granted.

As a pillar of the family, he was always supportive in our endeavors. Dad was the very first person that encouraged me to take chance and make mistakes, that lesson had helped me throughout my career. I always knew he had my back, despite the stupid things I've done and consequences that followed.

I've never met a man as courageous as Dad; I remember when we first decided on the course of action to overcome cancer, he took in all the suggestions in stride and insisted on Chemotherapy and Radiation at the same time, while we recommended one at a time given the harshness of the drugs and its side affects, he simply laughed and said if he was going to fight it, he was going to fight it NOW. Amazingly, despite all the horror stories you hear and read, Dad finished his 6 weeks of treatment not shedding a single pound or lost a hair.

The most difficult time for me personally was his last 2 years, to me he was always a man of statue; 5'11 and athletically built, he loved food, and talked about it constantly. Unfortunately, his last months and days, food was not his friend. I would guess that he weighted roughly 80 pounds when he past, it was hard for me visually, I would have never guessed it can happen to him.

I miss you Dad, I will never forget the comforting smile on your face, I won't forget the times you and I played hoops, I always remember when you taught me how to play Chinese Chess, the funny way you tap your foot on the accelerator when you drove, your persistence in our Chinese studies which helped us throughout our professional life. I also know there were times when I called, although you wanted to talk to me but you pass the phone to Mom so she can have more time with me. I know the last 2 years were tough, although you claim no pain. I know you fought hard to stay with us, and I appreciate the time.

In my mind's eyes, you will always be that tall, handsome, happy, smiling gentlemen. I am happy you no longer have to suffer the pain you've gone through, and I know that you are in a better place, and somehow still watching over us.

I wish I had more time with you, take care up there...

思念我的父親

金少陵

二〇〇八年九月十三日，就在接近午夜時分，我失去了父親的心跳（約莫在晚間八點，我開始感覺不到他左手腕脈搏，心跳與平緩氣息是僅存的生命跡象，直到十一點五十九分……）。至今我仍不敢相信父親已經離開我們，我想，這份質疑還會持續好一段時間。

當初得知父親罹患食道癌時，我們一時無法接受；但同時也知道，如果這是天意，那麼父親一定會奮力抵抗它，絕對沒有問題。

父親曾是海軍將士，當然在家裡的言行也像是位軍人。我們自小對他又是崇拜，又是懼怕。我對於在台灣的童年記憶所剩無幾，除了某些食物以及我的不良行為。父親對我們要求嚴格，除了好還要更好，這是不容置疑的，也可以說，他是難以取悅的一位父親……

一九七四年，父親帶著我們到了美國，自此他變了個人。我不記得是在哪個節點，他變得非常溫和。我從不曾見過像他一樣努力凝聚家族的人，他總是想盡辦法使我們大家聚在一起，別說是中國新年、聖誕節和感恩節了，就連家裡大大小小的生日都非要我們團聚不可。

回頭看，我無法想像如果我是他——身無長物、人生地不熟地帶著一家五口在異鄉落腳。他靠著端盤子，盡其所能地把我們拉拔長大，卻從不曾埋怨。等我年紀稍長才曉得，父母親如此辛苦地搬到美國，是為了讓我們有不一樣的、更好的生活。我也注意到哥哥與妹妹傳承了父母親的耐心，關愛著他們的小孩。

父親葬禮結束沒多久，我肩負起整理遺物的工作。我這才發現，原來他嚴厲教導我們的同時，也非常以我們為榮，因為，我發現了父親這一路以來，都用他的方式記錄著我們三個小孩的成長過程。這裡頭有寫著我名字的一張簡單獎狀、妹妹高中的田徑成績、哥哥第一份工作錄取通知等等。所有我曾給他的一紙一片，他都收藏得像是珍寶一樣。

在眾人眼中，我的父親被視為是「大哥」，因為他的耐心與照顧人的天性。即便上門求助的朋友曾將家裡擠得水洩不通，父親也從未拒絕過人，不管是真的需要他伸出援手，或只是想向他吐苦水。

我父親熱愛生命，我相信他愛眾人更勝他自己。大家都同意我的父親總是盡可能地幫助所有認識的朋友，他做的事都是為了他人福祉。他也經常幫助陌生人，只要哪裡有需要，他就往哪裡去。

身為大家長，父親總是盡力支持我們。他是第一個鼓勵我嘗試，不要害怕失敗的人，這使我在事業上受益良多。我可能會犯上愚蠢的錯誤，需要承擔後果，但我永遠知道，父親是我的靠山。

我從未見過像父親一樣勇敢的人。我記得當時家族決定讓父親接受積極治療時，他毅然決然地堅持放療與化療並進，雖然我們建議他，同時進行兩項侵入性治療所帶來的副作用將會相當痛苦，還是分開進行吧。但他大笑說，一不做二不休！出乎意料的是，經過了六個月的療程，父親的體重一丁點也沒有減輕，頭髮也不曾掉落！

我最感到難受的，是父親生前最後兩年的那段時間。對我而言，他簡直是座完美雕像── 五呎十一吋的健美身材，熱愛並享受美食。可惜在他歲月的最後幾個月裡，食物已經不是他的良伴。我猜想父親生前體重可能只有八十磅，令人怵目驚心，無法想像。

爸爸，我好想念您。我忘不了您臉上撫慰人的笑容，我們一起玩投籃遊戲的美好時光，我永遠不會忘記您教我下象棋，您開車時踩油門的有趣方式，還有您堅持我們繼續中文學習，這對我們的工作大有幫助。我也知道每當我打電話回家，就算您其實很想多聊聊天，但總是很快把話筒交給媽媽，好讓媽媽有多點時間跟我說話。我知道您在最後兩年很不好受，但您總說一點也不痛。我知道您奮力抗癌是為了能與我們多相處，我真的很珍惜那段時間。

在我心目中，您永遠是位高大、英俊、開心、微笑的紳士。我很開心您終於擺脫痛苦，在一個更好的地方，永遠地關照我們。

我真希望能有多點時間跟您在一起。在天上請好好照顧自己……

Someday...

by Ann Chin-Rosicki, Elton Thomas Rosicki,
Jacek Rosicki, and Zoë Annabella Rosicki.

We have written the following short script, and would like to dedicate it to our father/grandfather, a man we wish we knew better and longer.

Someday...I will smile when I mention your name.
Someday...I will remember the better times.
Someday...I will recall your voice.
Someday...I will recount many stories of you with my children.
Someday...they will want to know more.
Someday...perhaps I will know more.
Someday...I will tell you how much you meant to me.
Someday...I will tell you a great story.
Someday...you will be king.
Someday...we will share a good laugh.
Someday...we will remember to capture the moment.
Someday...I hope to share a feast with you.
Someday...I will tell you how much I love you.
Someday...we will meet again...
But not today, today we are still grieving that you are no longer here...

將有一天

金曉文全家

我們共同寫了這首歌來紀念我們親愛的父親／爺爺，但願我們有多一點時間與他相處。

將有一天，您的名字將伴隨著微笑
將有一天，美好時光重現腦海
將有一天，您的嗓音環繞耳際
將有一天，孩子們一一細數有您的故事
將有一天，他們會想認識您多一點
將有一天，我會因此也多瞭解您一些
將有一天，您會知道，您對我有多重要
將有一天，換我來告訴您一個偉大的故事
將有一天，故事裡，您是國王
將有一天，我們一同歡笑
將有一天，沒有人會忘了捕捉這一刻
將有一天，我們再度共享美宴
將有一天，您會知道我有多愛您
將有一天，我們終會相見
將有一天，但不是今天，今天我們仍在悼念您已不在我們身邊……

Grandpa's Epitaph

Ryan Chin

As we travel on the road of our lives, we meet others on similar paths. Some branch off, and we never see them again. Some stay with us, and our paths intertwine. Some leave no gap when our paths eventually part. Some are so close to our own, that when we part, a void is left. One of those special individuals, was my grandfather.

When a special person walks beside us on our path of life, we hear their footsteps. We see the footprints they leave behind as they walk alongside us. But when those prints suddenly stop, we discover how much we miss them. How much we miss the sound of their steps. How lonely we feel when our footsteps no longer sound in pairs.

When that very special person moves away from us, it's as if a song has suddenly lost its melody. Time seems to stand still for an unbearable moment. And you wonder how you go on. How you will keep playing your song when you have lost your instructor.

Its in these times that we must remind ourselves. That those special individuals are always with us. Watching over us. Those footprints in the sand are not ours. Those footprints are those of that special someone, carrying you along. Moving on doesn't mean moving away. Their memories are still with us. Their footprints are still there. And as they watch over us, they guide us along our own paths. Guiding us until one day our paths cross once again.

Wesley Chin, a Great man, a Proud Parent, and a Loving Husband is one of these people. My only regret is that I never got to tell him how much I loved him, or how proud I was to be his Grandson.

I love You Grandpa. I always will. May our paths cross again someday.

~Love, Ryan.

爺爺，永遠與我們同行

金效震

人生旅途中，總隨時有不同伴侶加入，一同前行。有人中途轉向，再也不見蹤影；有人與我們並行，有人終至分離。而有人是如此特別地貼近我們的生命，當他離開時，沒人能夠取代這空缺，這人就是我的爺爺。

如此特殊的同伴與我們分開時，我們會發現身旁的腳印消失了，多麼令人懷念，而腳步聲從此也孤孤單單地，再也不成對了。像是歌曲頓時失去旋律，時間凍結在難受的一刻，我們忽然再也無法前進。無人指導，樂章如何繼續？

但此時我們千萬不要忘記，他從未真正消失，他其實一直關照著我們。瞧瞧那沙中的足跡，那就是他帶領著我們的最佳證明，他的腳步與我們的重疊，嚮導著我們一步步前行，直到相遇的一天。

我的爺爺，這位了不起的人，同時也是驕傲的父親與可親的丈夫，就是這樣一位特別的人。我很後悔沒能於爺爺在世時，告訴他，我愛他，我以身為他的孫子為榮。

我會永遠愛您，爺爺！願將來我們再度重逢。

給外婆的信

Dear Grandma,

You'll never be lonely because you've got a loving family, Grandpa is gone but he still loves us and he'll be in our hearts forever.

from, Elton

親愛的外婆：

雖然外公走了，但您不孤單，因為有我們在；雖然外公離開我們了，但他永遠愛我們，也長存我們的心中。

艾爾頓

FOR MY FRIENDS' FATHER

When people speak of the American Dream
I tell them of the friends and special family I've seen.
Of a father who brought them from foreign lands
Trusting them to think with their heads while using their hands.
They learned English and spoke the language of their home country.
And became as successful as anyone would hope to be.
I was always welcome in his house full of love and laughter
May he be greeted as well in the great hereafter.
A good man with a fine wife, and a good life, requires no glossy spin.
For hard at work, hard at play, family man Wesley Chin.
With Love, The Iverson Family

獻給我好友的父親

The Iverson Family

美國夢在耳語間流轉
何不聽聽我朋友的故事
父親領著全家來到異鄉
沉浸在父愛的全然信任裡，孩子們成長茁壯
熟稔異國文化之餘，不忘故鄉的語音
他們一一功成名就，眾人稱羨
這位老者，我好友的父親，總是敞開愛與歡笑的家門歡迎著我
願他也永遠在天堂受此尊寵
一個有著好太太，家庭和樂，榮耀實至名歸的好男人，
他認真打拚認真享樂，他就是金陵。

我的大哥～

王素鴻

你是笑著走～大夥哭著送你～

大姐要替你出本紀念冊啦，這陣子她嘴裡不停的說你的好，你對她無微不至的照顧，你帶給她的歡樂，她要把對你的思念對你的愛，把你一生的點點滴滴及你倆一生不凡的故事，全連串起來，讓親友們都分享著，她也可以隨時翻閱著，看著念著，這幾天看著她為這本紀念冊，跑了一趟又一趟遠流，不停的訴說每一張照片的故事，攤在桌面的幾百張相片，每一張都記得清清楚楚，一落落分開的年代，她不停的回憶著當時過往及細節，過人的體力與意志力是對你的愛，感動中想到——大姐做的事不就像聖嚴法師的一句名言「虛空有盡，我願無窮」。願力之大，勝過無邊無際的虛空，虛空有銷毀的時候，我的願力無有消失之時。

難以接受～也放不下啊

一直是那樣的印象，怎麼記憶裡的大哥還是那麼清晰呢？他手總是插在褲子口袋裡，黑衣的polo衫，帥帥的，直挺挺的，梳著酷酷的短髮，嘴角總有一點微笑……大哥是南京人，卻長著一副北方臉，大多數男生穿衣都不講究，邋邋遢遢的，大哥不會，永遠整整齊齊，品味極佳，怎麼看都是個「帥」字。

大哥啊～我真是捨不得你離去，我就你這麼個大哥，你知道嗎？大姐告訴我：她要你先走一步去等著，我想說，我也要預約，再當你的妹子……

從你把我收為乾妹妹開始，我才是開心與榮幸，我覺得自己好幸運得到大哥及大姐把我當親人一般看待；我這麼個正宗國民黨官家出生的，原本以為，就只有政府說的好人壞人，是你讓我知道什麼是白色恐怖，什麼是民主， 你及大姐的相識，我學到的遠比付出給你們的多得多……你告訴了我你們不平凡的故事，不平凡的經歷，你們樂觀進取的生活，你們對朋友的熱心幫忙，就你會在我最無助的時候來看我，安慰我，沒事就打個越洋長途來聊天，至今，每到週日午後家裡電話響了，我還覺會聽到大哥的那聲「鴻鴻，妳在幹嘛？ 」

咱倆是怎麼對了味兒來的，帶些些江湖味吧？都樂觀，愛攪笑（你比較幽默），咱倆湊一起可熱鬧，上了牌桌你牌裡有個三對就決定做尼姑，我只管下家做丁鐵摳，其實我從不覺得你牌技有多好，但是每次聽到你自誇時（高手就是高手），我總笑翻啦；你的歌聲及舞技我倒是真欣賞，幾個招牌歌——一個人、夢駝鈴、月琴……每首唱來，總像帶著一些浪子的滄桑，一些隨性，別人唱來不會有你這味兒，你的挺拔的舞姿加上那個迷人舞技，想大姐就醬子被你迷上的吧？

想泛泛人間，大多數人，也像小妹我一生也許到了底，不過是個跑馬燈，一幕幕跑著轉著，想定格檢視都難，跑完燈熄也就沒啦，所以大哥還是你福份好，有個愛你的大姐及一堆子思念你不已的親朋好友啊；大哥一定希望我們繼續把歡樂帶給大姐，我雖做不到你給大姐那樣滿滿的所有愛……但我答應你，我一定在大姐需要我時，陪伴她，逗她開心，打不還手，罵不還口（你的榜樣喔），我扮不好你以前的角色，但是我會常常和大姐說：別再執著於你已「離開」這件事，說好了還會見面的，你只是腿長先走一步唄！

哀金陵

朱再兮

金陵走了，留給我的是無限的哀傷、悲痛和萬分的不捨！

我與金陵在海軍官校時並不認識。一九七七年夏，我家從北加州沙加緬度（Sacramento）搬來灣區，時逢四十一年班的鍾湖濱學長調來舊金山任總領事。灣區海軍官校的同學有幾次聚會，我與金陵初次見面，得知他是雷震的女婿，但當時並沒有任何互動。八〇年代四十一年班另一位學長湯紹文任職舊金山觀光局辦事處主任期間，我們幾位同學，包括金陵、湯紹文、包鳳生（四十三）和另一位成大五十年電機系畢業的陳姓同學，以及我和內人，每週六中午在聖馬刁（加州San Mateo市）的山東小館喝豆漿，吃燒餅油條（此類小吃，當年在美國只有週末中午才供應）輪流作東。餐後，金陵還有他們幾位大嫂，打牌娛樂；我因不樂於此道，所以與金陵的互動還是不多。此外，那時我們大家移民美國不久，小孩尚在中小學讀書，各人忙於工作和家事，雖說同在灣區，還是有段路程；我住中半島，金陵住在南灣。山東小館的餐聚，也因湯紹文學長調任往歐洲而中止。

數年前，三十八年班徐學海學長發動組織了海軍同學會，我們也感到年歲已大，孩子均長大成人，老人們需要有個互助取暖的機會和時間，從此往來逐漸頻繁起來。

另因我們都喜歡中國佳餚，因此常互相邀宴；約於三、四年前，四十六年班吳漫宇同學發起「美食團」，每隔數週輪流作東，找一家餐館餐聚，共有五、六對夫婦參加，一直延續到現在；其中當然有金陵夫婦與我夫婦。餐後則天南地北閒聊，既消熱量，也愉悅精神。

金陵、吳漫宇與我同遊賭城拉斯維加斯，他們二位經濟財力充沛，加之性格豪爽大方，所以我們同遊，心情非常愉快！

約三年前，我接到金陵的電話，他說他檢查出食道癌，當時我吃了一驚，簡直難以接受這樣的事實。我馬上翻閱了書籍，得知食道癌是很難治療的疾病。後來他在史丹福醫院採取三合一治療方針，即是化療、放療及手術。

不幸的是，兩年前我在住家樓梯摔了一跤，也送往史丹福醫治，脊椎曾二次開刀；從此我與金陵就同病相憐。每次當他得知我要回史丹福復診時，他就會熱情地要來陪我，為我所婉拒。

我已忘記金陵何時繼三十八年班徐學海學長擔任灣區海軍聯誼會會長。二〇〇七年十月他帶領我們十六位海軍官校同學遊覽了遼東半島和膠州半島。旅行團解散後，金陵與我兩對夫婦同往上海我的朋友趙煒提供的一棟位於徐家匯區匯金大廈第二十三層的豪宅，共住了三十天；每晚都接受趙煒的熱情盛宴。那時金陵行動並不比我差，三十天不是短時間，天天相處的結果，讓我進一步體驗到他的豪邁與負責。

二〇〇七年十二月我們先後返回舊金山灣區，我漸漸發現金陵的身體開始惡化，也就不敢乃至怕與他通電話，因為不知道說什麼好；這是一種很矛盾的心理，說與不說都是很難釋懷的友情。

我們在患病期間也曾一起吃飯相聚，他的神志一直很清醒，可是飲食難以下嚥，身體日趨瘦弱。看此情景我心痛不已。揚州八怪鄭板橋有一句名言：「人生難得糊塗」，人生在世，有時糊塗也是一種幸福，清醒也是一種痛苦。

二〇〇八年八月二十三日，雷美琳打電話給我，她說金陵已住進史丹福醫院，他很想見我。我們於兩天後才去探望他。他於兩天後出院回家療養。那時他還想參加九月十三日的海軍同學會，沒想到那天晚上，他就與世長辭！

如今，天人永隔，我對他真有說不盡的思念和哀痛！

美女自轉——金陵點滴

朱偉岳

九十七年九月十六日晨，接到植甫電話，告知金陵已於十三日晚在舊金山寓所辭世，心中悲切難已。植甫並告，喪祭將於二十日在舊金山舉行。祇有四天的時間，連辦美國簽證都來不及，乃放棄前往祭拜的念頭，即電美琳吊唁慰問。千愁萬緒，如何說起，草此點滴，藉紓哀思於萬一。

我們四十六年班同學，給金陵取了一個外號，叫他「小金子」。我常常想，同學們為何取這個外號呢？原因或是，金陵為人非常靈活灑脫，不會拖泥帶水。金陵和黃清華，在建國中學時都愛玩籃球；金陵球藝花巧，清華則跳投實在，無異當年飛人喬丹，他們真各具特色。但亦頗有相同之處，即崇俠尚義，頗有大哥風範。今相繼大去，真令人覺得武林變色，典型何在矣！

在我們班同學中，或許我和金陵交往最久。民三十九年春入學建國中學夜間部高一丙時，他是第一排第三位，我則為第五位，兩人相隔祇一個座位。後來我們長高了，我被排到中間；金陵比我更高，快排到最後。當時同班的，還有毛拔雲和馬履綏，後來都進了海官校。我和金陵常在一起，實因兩家住得近。當時他住廈門街，我在水源路；後來我住金門街四十四巷四號，金陵則住四號之一。那是金成前老伯，沿著河堤搭建的房子，自廈門街遷來居住。房子的前面有一片遮雨篷，金伯母永遠在那裡忙著家事。我到金陵家，不必敲門，高叫金伯母即可。當時我的國語還不是很好，金伯母濃重的四川口音，我還時常聽不出分明。但家門相對，金伯母又和氣，我就常在金家混進混出。一次金伯母特別宰殺土雞，要金陵邀我打牙祭。在當年，這是太過隆重的事。家兄偉明特陪同前往，對此事一直念念難忘。我倒是忘了，因為金伯母的東西吃得太多了，正像媽媽的菜，成為自然，自難記詳情矣！金伯母常勗勉我們，同學之間一定要相互照顧勉勵，我銘記於心，直至今日。我和金陵是同年同月出生，但我比他大十三天，當然是大哥。所以金伯母也常對我說要多照顧金陵的話。結果是，金陵一直照顧著我，維護著我。和煦而厚實的金伯母，假如這是做生意，您老人家可是賠了老本呀！

進了海官以後，在一起的機會自然更多了。陣容中多了李淵民、宮天寧，都是建中老同學。淵民、天寧家住今之台北市松江路，相隔不遠。尤其天寧家的房子，有一個大客廳，是辦轟趴（home party）的好所在。天寧的先君宮其光將軍，日本士官學校畢業，抗戰期間任我國軍事發言人。故天寧的鄰居，名人不少。如朱懷冰即其中之一；朱懷冰是朱邦復的父親。在那個年頭，有個大客廳可以辦轟趴是難得的事。宮府鄰居中還有高如峰將軍，他聽說海官學生辦轟趴，還曾親臨現場致意。這年輕而又意氣風發的歲月，金陵當然不會缺席。我比較上不喜跳舞，也不善舞，天寧家的轟趴故未能常在。一次金陵對我說，某次和舞伴跳「吉力巴」，跳到二人都舉手轉圈時，覺得尿急，正好靠近洗手間，乃一個箭步，跑到洗手間方便後再出來，發現舞伴還在泰然自轉云。這是瀟洒金陵對我說的故事，知金陵久矣，當然相信他的說法。但美女自轉這一招，我從不敢造次嘗試。美女是誰呢？當然不是今之美琳。一因金陵認識美琳，是宮府自松江路搬到碧潭以後，正好又和雷震老伯隔鄰居住。金陵常到天寧處，因而認識。其次，若真係美琳，則金陵必定半邊腦袋開花。我看金陵腦袋一直無恙，故必另有其人也。

金陵在艦上時，曾任槍砲官。一次艦砲射擊中，二十公釐砲因砲栓未確實栓好，砲響處，但見砲管隨著砲彈一塊射入海中。此一表演，嚇得人人臉色大變。而槍砲官金陵，或見無人傷亡，尚讓所有人都大吃一驚，高興大笑。這就是金陵，他能化險為夷，永遠若無其事。

民四十九年，他聽我說要考專科學院，想要一本洋文微積分。他二話不說，就到官校拿到一本交給我。以他人脈之廣，必係A來無疑。我亦未辜負金陵，以這本微積分為基礎，順利考取了專科學院電機系，後又多次考取留美，得入田納西大學電機研究所，最後混入中山科學院，參與甚至主持了核能、雄風、天弓等國家重要計劃。猶憶在建中夜校時，我水源路住處隔壁一位低班同學，對我出言不遜。事為金陵所悉，他乃約了好幾位朋友，到低班同學家中敲門警告。這位低班同學的父母，連忙帶著這同學到我家致歉。前幾年，我為惡女所欺，竟有人為虎作倀。金陵在電話中告訴我，哪些人可交，哪些人要慎防；證諸這些為虎作倀者的言行，竟完全符合他提示的應注意要旨。原來在金陵的瀟灑中，有他的細微深刻處，是我完全不能企及的。我初發現惡女之惡行時，所有財物包含房屋、全部存款皆為其所吞沒，並冒我名申用十八張信用卡，不祇使我身無片文，尚負卡債二百餘萬元。是時也，幸獲林冀、吳漫宇支助，暫解燃眉。一位不讓鬚眉的嫂夫人，聞悉後面示，可隨時提供款項應急。此時，金陵風聞我境況，管我同意與否，他的美金支票已然寄到。天寧亦電示，如有需有，支票隨時可寄出。眾老友貴人的協助，使我得以清醒和惡女週旋，終至將惡女繩之以法，一審即告定讞。金陵遠較我能識人，輕鬆中有正幹。不似我鬆脫簡單，善惡不分，頭腦漿糊。他竟飄然而去，使我徬徨失依之感油然而生。老友呀，歸來！

金陵自美返台，總要到南港和我一敘。最先，他到榮總治肝膿腫，順利治癒。我要前往探視，他已出院來到我家，像若無其事。膿腫導因喜吃舊金山的生蠔，形成肝吸蟲病。我勸他一定要節制飲食，過量總容易出問題。後來，他前列腺有毛病，我勸他服維他命，加服鋅片。以後他回台，總帶一瓶「善存」給我。至今我案頭，仍有一瓶金陵帶來的「善存」。不是捨不得吃，而是覺得溫情常在，看著比吃著好。

一次他回台，在我家客廳中，囁嚅地對我說，開車出了車禍，美琳在前座，受傷不輕。以他的個性，我直覺一定不是普通受傷。驚悚之餘，也說不出什麼安慰的話。但我們相信，一定可以靠進步的外科手術恢復。以後看到美琳，確實恢復得很好，一直都有進步。他們伉儷，對此事從沒有任何憤懣之情，總是從容應付，使我覺得無比欽敬。

金陵、天寧和我三人，班上同學常戲稱為三劍客。大仲馬筆下的三劍客，是風靡四海的俠義人物。或許我們三人，確有幾分狂野與放肆也不一定。幾年前我到多倫多，和金健華見面，在高理民家中促膝夜談。健華告訴我他是滿洲籍正黃旗人氏，家族皆信天主教。原來是受到利馬竇、南懷仁等西洋傳教士，先對皇族傳教的影響。當時，我亦懷疑金陵應係滿籍。因「愛新覺羅」四字，在滿洲意即為「金」。故滿人漢化後，愛新覺羅氏多更為金姓。金健華家族是一例，金陵自亦可能，可惜我一直沒有求證。我讀朱邦復《智慧之旅》，其第一部上集184頁中即謂，天寧之父「宮伯伯是遼寧籍旗人」，可見天寧是滿籍無疑。我的母親愛新覺羅蔚宣氏，鑲紅旗人，系出努爾哈赤長子褚英，故我亦常自認係滿籍。滿洲人是馬上民族，ＤＮＡ中應具山林草莽本色。我雖沒有考證過金陵籍隸何屬，但以現今民主時代少數服從多數原則，既然三劍客中有二人為滿籍，其餘一人即為滿籍。你說不行嗎？怎麼不行，我們提案通過了。金陵縱然不同意，他一定會笑笑揮手說，通過了就通過了，走！金陵辭世前，天寧一直說不敢打電話探詢病情，不意金陵就悄悄地真的走了。音容宛在，我們豈祇傷懷惆悵！瀟灑已逝，不容中斷。那天，我定鼓餘勇，學學金陵的「美女自轉」絕學，庶不負老友於地下。

我有話要說：金陵

李淵民

金陵九月十三日晚十一時五十九分病逝美國加州聖荷西家中，享年七十五歲，差一分鐘就可以過到中國人的中秋節。

我和金陵、宮天寧，還有四十五年班的曾重是南京市立二中、台北建國中學及海軍官校同學，交往六十多年，比兄弟走得還近。九月二十日，雷美琳假Santa Clara的天主堂為金陵舉行告別式，他家兄弟僅金昆、金盤參加。九月十日，同學張耀燊由台北飛抵洛杉磯，十一日我即開車四百多哩帶他一起去看金陵，在此之前醫院即已宣布放棄繼續醫治，遂連病床氧氣遷回家中靜候，一方面將生命的最後一段親近家人，再方面便於家人照顧。當他知道我們要去看他，一再追問美琳我們到了沒？他因食道癌病得只剩皮包骨，但頭腦仍極清楚，記憶力猶佳，清楚叫出我們和我內人的名字，還會和耀燊扳手勁，也曾用力握住我的手，感覺到體溫。但是呼吸間出氣多進氣短促，我告知美琳和現場的漫宇，十三日週六我們回洛杉磯前再去看他，他似乎知道要永別了，祇緊閉雙眼，無言話別。

金陵兄弟眾多，父親抗日時打斷一條腿，家境困難，但他為家中長兄，孝順父母，照顧弟妹，一一助之來美。金陵因堅持與雷震之女美琳完婚，拒不服從上級禁令，而受到記過等無理的懲罰，乃退出軍隊。退伍後，謀事仍受各方阻力，故自況斷刀上尉，轉而在家中照顧子女，培養出父子、父女深厚的感情，故其子女對金陵、美琳夫婦甚為孝順，羨煞其他同學。不久之後，即移民赴美另謀生活，艱苦備嚐，惟其為兒女爭取到接受良好教育及極佳工作環境，終於一一出人頭地。

金陵記憶力極佳，有一次他脫口而出，籌市萬松悠，看奔奔金陵，雲騰宗阜……，是我們二初中的校歌，我幾乎忘記了，他居然記得！我問他是否校歌裡有他的名字？他問我是否知道曾重先離開南京的時候，我們唱過「曾重再見」。後來求證過曾重，才想起似曾有過這段事；那天天主堂裡司琴彈起這段我熟悉的調子，我不禁掉淚！金陵走了，洛杉磯趕去送別的有沈宗濤夫婦、灣區的田民豐夫婦、劉若鐸夫婦和女兒、高耀樞；張群誠想北上因無車而作罷，宮天寧托我代致奠儀，一併記之。

遙想金陵當年，美琳初嫁了，雄姿英發；金陵常對三五好友掛在口邊的一句話：I come down from the mountain to take the bus，在他走前一天病榻前求證，是否在新店雷家的山坡家中，得到雷伯母首肯嫁女的感言？他點頭稱是，一解我數十年的迷惑。「嘛西嘛西」，每週我們輒常通電話使用的開場白，今後已成絕響了。他反應敏捷，有次護航船團，艦長上了駕駛台問航海員船位在哪裡？金陵往海圖中一指：這裡！艦長霧煞煞，反正在船團當中，錯不了；又有一次槍砲演習，作為槍砲官的金陵，竟然將一支20mm的砲管打進了海裡，艦長黃忠能急得臉色發白，金陵卻不慌不忙，翌日找到張榮光同學，他有一支沒有入帳的砲管，要來裝回了事。初級軍官生活頗為辛苦，托遂沛同學的福，我們先後在中國海專兼課，他教船藝我教電子，不過兩人從未照過面。

金陵兒女成長後，個個事業有成了，生活大為改善，回台北時經常叫我陪他吃飯，也經常宴請三五好友同學，或打牌聚會。雷媽媽生前住在松江路，離我舊居兩條巷子，我未移民前經常去訪視她，我跟金陵說，我替你們去看過她，請你們放心；因金陵對雷家特別有孝心，有次回台叫我開車帶他們給雷震先生掃墓，見墓園寒酸，說有一天他要來把它重修一下，好在他臨終前已看到由雷震基金會修妥墓園的照片，已無遺憾了！金陵走了，他的笑容，他對朋友的熱情，以及他的歌——「一個人」，常留在我們心中。並有金陵創辦的歌友會在現場獻唱為他最後告別。

金陵金大哥，我的老師

杜維新

金大哥在九月十三日離開了我們，在追思彌撒中，南灣歌友會的陳陵說，金大哥人好，文筆好，記得多年前金大哥經常在《世界日報》發表文章，與金大哥通電話時，我都是請教金大哥的文章，也因為金大哥的鼓勵和指導，讓我有勇氣也向《世界日報》投稿，的確改變了我生活的品質。

金大哥是最有感情的知識份子，家事、國事、天下事，事事關心。金大哥，在懷念您的時刻，更要說一聲：金大哥，我的老師，多謝您！

2008.10.1《世界日報》

我的大哥

邱智美

有一天青青合唱團團長魯國民來店裡訂一個花籃，祝賀「美而廉」開幕之慶，我送到時一看，是前一陣子跟他們訂過便當的金陵、雷美琳（其時尚不知他們大名），想想他們在家做便當，我作了一陣子的客戶，男主人常常隨著便當附贈報紙，我亦欣然受之，既是朋友的朋友，又作過客戶，真心希望他們生意興隆，長長久久，第二天我就捧場吃麵，並攜一花籃祝賀，但我吃完麵，付完帳，才去車上取花，金大哥見了，奇道：「ㄟ∕，這可送的藝術了！」以後來吃麵，常常送小菜，我也趕緊多放些小費（感覺這人作生意一點不勢利，那個率性與義氣跟我真不相上下）。嘿嘿，說到此，更印證金大嫂說的，我們兩人怎麼那麼像——偶爾轉彎抹角要誇獎自己一下，也就是說：「常常自我感覺良好。」

有一天去他們店裡，不知做了什麼事，金大嫂笑中帶嘆說：「哇，你們兩個真像，金陵說自己的親妹妹都還沒有那麼像他，我看妳就作金陵乾妹妹好了！」

此後作了金大哥的乾妹妹，真是吃香喝辣的都沒少了我，其間金大哥成了灣區歌友會創始人，灣區臥虎藏龍，各路英雄英雌齊聚，星光燦爛，綿密交織的人脈，成為各大慶典活動、校友會、華人參政、賑災義演等等不可或缺的中堅，凝聚並撫慰了多少海外遊子愛國思鄉之情。

那段時光雖知曉了大哥大嫂的特殊背景，但從不了解他們在白色恐怖的年代，所曾受到的種種打壓（大哥建中畢業後即報考軍校，當時建中學生即等同資優生也），滿腔熱血意欲報效國家的優秀青年，參加過八二三砲戰、儀隊隊長，卻因為與雷震的女兒結婚，遭受逼退、跟監，無人肯予工作的殘酷對待，不得已而走避異鄉謀生路。

我所了解的這些都是陸陸續續這二十幾年中，因為金大哥、大嫂為父親雷震平反，尤其珍貴的獄中日記遭竊被焚，歷盡了艱辛，而得到的國家賠償遠遠不足以彌補兩個世代所遭受的人權迫害，而大哥偶爾談起這些過往時，平靜的語調好似訴說他人之遭遇。但看他年過七十也還是挺直的腰桿，一生的驚濤駭浪、強權威逼沒有打垮他，我覺得最重要支撐著他們的是那堅貞不渝的愛情，彼此相知相守了一輩子，是大時代裡可歌可泣的愛情典範。

最近的十年，我們離開了美國，外子受聘回台，並為其公司在大陸開設工廠，偶爾回台時見一見，聽聞大哥突然撒手人寰，一時茫然不能適應，打電話到美國聽到大嫂痛哭失聲，我亦不勸其勿哭，我知道這是沒有用的，因他們感情太好，而我夜深躺上床時，回想大哥大嫂對我和外子的照顧，眼淚不禁汩汩而出，腦海中亦迴盪著幾句話，就以此獻給大哥。

光明磊落，心可比日月
俯仰無愧，瀟灑走一回

那偉岸的身影

邱顯忠

至今我仍記得金陵伯伯偉岸的身影、宏亮的話語聲，以及永遠令人感到溫暖的熱情。

和金伯伯以及雷美琳阿姨的緣分，是由於二〇〇二年起我在公共電視台製作《台灣百年人物誌》，其中拍攝雷震先生的集次由我負責導演。那是在我至今將近二十年的電視生涯中，一段難以忘懷並且感到驕傲的回憶，因為我有幸為雷震先生這樣一位人格者及民主先驅立傳。

在節目製作的過程中，雷震先生最親近的女兒美琳阿姨自然是我們主要的訪問對象，每次與美琳阿姨見面時，金伯伯必然陪在她身邊，也因此我們同時感覺到，作為半子的金伯伯對雷震先生的事蹟點滴也是瞭若指掌。

二〇〇二年夏天，我和幾位公視的同仁遠渡太平洋，去到在舊金山郊區的金宅訪問雷阿姨，並且拍攝雷震先生相關的資料，那一次我們有機會親眼看到許多雷先生的照片以及書信原件，豐富且井井有條，深談之下才知道這些整理工夫幾乎都是金伯伯一肩擔下來的，多年的浸淫其中，他可以說是「雷震通」了。

認識金伯伯夫婦的人大概都知道，他們的結合除了情愛之外，還包括了極大的勇氣，在六〇年代的肅殺氛圍中，要娶「雷震之女」為妻，深情與膽識缺一不可，金伯伯當時仍在海軍擔任職業軍官，因為這段婚姻，幾乎算是斷送原本可能的遠大發展，但是他從不言悔。幾次相處，有機會聽他們說起這份姻緣的前塵往事，我除了興味盎然之外，總覺得動容，那眞的是大時代底下才會有的情比石堅，今天這個時代再怎麼樣也複製不出來的。

如同許多老夫老妻，結褵近五十年的金伯伯雷阿姨也常有拌嘴的時候，甚至就在我們這些外人的面前也不避諱，但那種你來我往，卻更讓人覺得他們倆關係的親密。我有時候會想到，自己和太太到了這個年紀的時候，是不是還能這般的情深，永遠維持在一種活水的狀態。

最後一次見到金伯伯是在二〇〇七年的夏天，他們回到台灣的時候。見面之前雖然已經知道他經過了極其辛苦的化療與手術，但碰面的一剎那，仍為了他暴瘦的身影吃了一驚，我這才知道，金伯伯因為這場病受了多少折磨。我因為考慮到罹患食道癌的金伯伯可能飲食不方便，跟他約在一家小有名氣的養生餐廳聚餐，但那天的餐點也許因為重視養生，口味就嫌清淡了些。金伯伯雖然仍覺得料理頗有特色，但我總覺得他好像吃得不甚盡興，當時還心想，既然金伯伯似乎不太忌口，下回就尋覓一家真正的美食請他享用。沒想到當日的一別竟成永訣。

雖然金伯伯比我年長許多，其實已是我的父執輩，但他的親切溫暖卻像是一位相識多年的朋友。吾生也晚，無緣親炙雷震先生的風采，但有緣得識金伯伯夫婦，親聆上一代人走過的風雨，以及那一份無悔的堅定，對我來說，也已足夠了。

（作者為公共電視台《台灣百年人物誌》製作人）

悼金陵

何毓璉

金陵兄已離開人間，而今他在天堂任意遨翔，臉上帶著光明燦爛的笑容，到達另一個美好的世界，他脫離人間肉體和精神的痛苦，解脫了一切有形和無形的枷鎖，看著我們這親朋好友在懷念著他，因為他已獲得盡一生努力追求的目標——「永恆的快樂」。

我們懷念金陵，應該盡量忘卻他臨終時生病痛苦的樣子，在我們的記憶中永遠保存的是，他在不同時代英俊瀟灑的姿態，誠懇待人，熱心助人的初衷，熱愛家人，堅持信念的態度。他給大家留下無限真摯的愛，這是人世間最寶貴的贈與，我們應該在此以最真誠的心情來向他表達謝意。

「謝謝你，金陵！你給我們太多了！我們會永遠珍惜這一份情意！」

金陵兄出生於南京，在日寇攻陷南京之後，八年的艱苦抗戰，接著又是國共內戰，烽火遍地，老百姓隨著政府來到台灣，在戰亂中成長的金陵，懷著強烈的愛國情操，高中畢業後竟然放棄人人嚮往的大學而毅然投效海軍，四年刻苦嚴格的訓練後，他成為一位優越的海軍軍官。

當一位身材高大英俊挺拔，精神飽滿穿著雪白的海軍軍服佩帶齊全的身影，出現在眼前，真使多少人羨慕之至。我還記得他們第一次回台北國慶閱兵，在悠揚的軍樂聲中，整齊一致的白色方陣分列式突然出現在人們眼前，排頭第一名撐著青天白日滿地紅的國旗的掌旗官就是金陵，此後一切國家重典的儀隊排頭，非他莫屬。

第一次海軍派軍艦出國訪問菲律賓，乘風破浪，快意當前，那站在船舷凝視著遼闊的藍天白雲，碧海無涯，這是一幅多麼令人憧憬的畫面，它表現著一位愛國青年的錦繡前程。

在菲律賓有多少美麗熱情的華僑小姐殷勤地邀請這群帥哥們，金陵不為所動，因為他心中眷戀著一往情深的雷美琳。

美琳是享有國際盛名民主鬥士雷震先生的掌珠，他們真誠相愛，決心攜手共度一生，可是當時權威獨裁的政治環境之下，這一對戀人受到無比的白色恐怖壓力，金陵在萬惡的政工人員威脅恐嚇下，拒抗拆散美好姻緣，堅持與美琳成婚。在順我者昌，逆我者亡的氣氛籠罩之下，雷震先生下獄十年，含冤而死，金陵滿腔熱血報國的夢想碎裂了，這是金陵為了偉大的愛情所付出的慘痛代價，可是他堅持自己崇高的信念，的確令人敬佩。

退伍後金陵攜全家赴美，因為出國遲了十幾年，錯過深造機會，不如早期留學同輩，學有專長，打入美國主流社會。可是他決不氣餒，寧可承受一切艱苦，支撐著家庭，他與美琳將兩男一女撫育成人，而且在社會上堂堂正正的立足，又添了一群可愛的孫兒女，數十年一晃而過。垂老的金陵永遠帶著微笑抱著孫兒的情景，在友人的腦海中留下深刻的印象。

在一場不幸的車禍中，美琳面部受傷，金陵自責頗深，記得一次我駕車載金陵至醫院探視美琳，金陵突然情緒崩潰了，在我車中大哭，我清晰地記得金陵說：

「男兒眼淚不輕彈，我實在太愛美琳了，……請你別告訴她我哭了！」

這個祕密我保守了十多年，直到金陵的追禱會上才告訴美琳。

金陵好朋友，重義氣，千金一諾，我們算是同輩的「哥兒們」。他在灣區交友甚廣，年輕的朋友都親切地稱他「金大哥」。他創辦「南灣歌友會」，至今已有二十餘年，歌友們在工作與生活之餘，盡情歡唱。他生性念舊，創組「海軍聯誼社」使當年袍澤互相聯絡歡聚。他熱愛祖國，組團旅遊各地，以解鄉愁。他摯愛妻子兒女孫輩，金家有世間最美滿和諧的家庭。

一般世俗之人追名逐利，可是名利是空虛的，短暫的，人生最大的追求是愛，因為它是永恆的，我們必須承認金陵最聰明。

金陵一生完成了很多超於常人的貢獻，如今他在天堂應該以最慈祥的笑臉，為我們每一位懷念他敬仰他的親朋好友祝福！

在此謹謝金陵的家人，讓我們分享他那份最真誠的人性溫暖。

憶金大哥

苗豐幗

金大哥！

我們思念你！想起你！提起筆，腦海裡一下回到了八〇年代的「竹園餐廳」。八〇年代的加州桑尼維爾（Sunnyvale），八〇年代的矽谷，你像一位大家長般的帶領著我們對每個節日的歡騰和慶賀；情人節的浪漫氣氛、母親節的尊賢敬老、鬼節的化裝舞會，更有聖誕及年終的慶典，使我們每一個家庭過得多姿多彩，在工作休閒之間對人生充滿了希望與期待。回想起每逢週末，一家大小匆匆吃完晚飯，洗澡更衣，攜老扶幼趕到「竹園」歡聚一堂，小朋友玩耍，大人跳舞歌唱卡拉OK，不亦樂乎。時光在歡樂中飛逝而去，到了九〇年代初期你更變本加厲在你自設的美而廉餐廳首創南灣歌友會，讓那個時代對唱歌有興趣的兄弟姐妹、親朋好友們共襄盛舉，以歌會友。

但是，在那個正值快樂的年代裡，我卻遭遇到人生最大的悲痛，先夫心臟病發一夜之間離開人世，丟下我和兩個讀初中、高中的兒子，可憐我這個出生在北方姥的家庭，金磚銀磚也不會施捨到我這個出閣的女兒身上，家計、對內對外，一下子跌到了深谷，金大哥金大嫂卻用盡了心思來幫助我度過悲傷的歲月。記得金大哥總是帶著命令式的口吻讓我沒有拒絕的餘地，「阿苗！這個週末我和金大嫂帶妳去吃魚宴，票已訂好」，下次又說「某月某日去聽唱歌比賽，票又買好了」，又說「阿苗！我六十歲生日，妳非來不可」……從不允許我週末孤單在家，他們二人用心良苦，對朋友之熱忱，讓我從痛苦中逐漸恢復。在那兩、三年中，金大哥金大嫂對我的愛護及關懷，十倍於我的家人，我左思右想，何德何能有如此知己的好朋友。

但不幸在二〇〇五年的一個私人聚會中，金大哥卻跑過來對我說：「阿苗！我得了初期食道癌。」我剎時難過得目瞪口呆，不知如何回答。像金大哥這麼重要，這麼健康的人，怎麼辦？何況他又要照顧不久前車禍的金大嫂。當晚奪走了我所有的玩興，回到家一路上都不能釋懷，這下該怎麼辦？

但近兩三年由於我一個人要照顧近九十歲的母親，大小事一人擔，與金大哥、大嫂疏於往來，日子隨風而逝，有時在餐廳或是私人聚會，總是見到日漸消瘦的金大哥，他的親切笑容，使我們久久不能忘懷，但卻想不到他會這麼快的離開我們。二〇〇八年三月母親又跌了一跤，這次更嚴重的是把大腿骨跌斷了，我忙中加忙，在好友們的口中，知悉金大哥病情加重，又再次進入加護病房，我只得在家中默默祈禱希望他能平安返家，也有時在電話中和金大嫂交換一些照顧病人的心得。一直到去年二〇〇八年中秋節的前一個星期，接到金大嫂的電話告知，院方要金大哥出院靜養，我心知不妙，立刻抽空衝到金家。金大哥躺在病床消瘦不堪，但見到往日的我們這一群，又恢復昔日的興奮目光。他是一個多麼愛惜朋友的人，用著那麼微弱細小的聲音去和每一個看他的友人打招呼，我深信當時在每一個人的心中都在滴血傷痛。

知道金大哥的來日不多了，終於在中秋節只差一分鐘的夜晚，金大哥走了，離開了他的家、他的兒女、他的金大嫂，和這一大群他心愛的朋友，留下了一大堆追憶、懷念和悲傷，雖然金大哥已遠離大家一百多天了，一切一切卻歷歷如昨！金大哥放心吧！我們會把對你的尊敬和愛惜、思念全部轉移到金大嫂的身上，更會幫你愛護她、幫助她、陪伴她，讓她在這剩下的二、三十年間，多陪一下兒女和親朋好友，再去和你相會好嗎？

阿苗叩 2009.2.21

金陵與我——給金哥哥的一封信

宮天霞

金哥哥，你在九月十三日夜裡的十一點五十九分走了，差一分鐘就是中秋。美琳和孩子陪著你，見你在安詳平靜中走的。幾年的手術、化療、滋補就此劃下了休止符，一切雖是在預料中，但作為親人好友，又是多麼不情願、不忍，不肯相信這一天真的會來。美琳和孩子讓你在家多耽了一日夜，這最後的中秋，即使死別，也阻隔不了你們的團圓。

美琳的難過是必然的，你們相濡以沫五十多年，因為雷伯伯的關係，早期的日子總處在精神和物質的煎熬和短缺中，但它讓你們更相互扶持，更合力應付，沒有一點抱怨，近幾年，還不時地來回兩岸和台北間，完成你對美琳的承諾；出版雷伯伯的書，設置基金會等，沒有你的全力支持，她對父親的這份心願是不容易做好，也更累人的。這十幾年來，孩子大了，都事業有成不說，可貴的是個個都孝順，那才是金錢買不到的財富。

你走後，常跟美琳通電話，天南地北的聊，談得最多的是過去，而「過去裡」都有你，我們就一時唏噓，一時哭，一時哽咽，又一時笑，這不也就是人生麼？總喜怒哀樂交織著。真的，認識你和美琳都有五十多年了，你和哥哥自南京二中就同學，來台後，又同是建中的高材生，畢業後都去唸了海官。我和美琳高中同窗三年，都住在新店，就這樣，不經意地，作了你們的小紅娘，很是滿意，因為你們真是很幸福的一對。

來美後，我落腳東岸，你們卻一直在加州，最後兩次見你，一次是在台北，和我們同學聚餐外，還同去吃桃源街的牛肉麵。另一次你們來康州小住，這二次見你都依然瀟灑，未見病容，對！「瀟灑」，這也是你在我記憶中一直以來的印象，這一生，作為好兒子、好兄長、好丈夫和好父親，你很瀟灑的走了一回，該是無憾的——只是太短。

金哥哥，也很謝謝你對小弟弟的關懷，知道他病了，你雖身在病中，卻即刻訂了藥直接寄去北京給他，只盼能幫上忙，雖有這交情，還是很感動。小弟弟先你而去天堂，定已當面再謝。他的走是我椎心之痛，能想像你之先行對美琳的傷痛更甚。但請寬心，你的同學，你們的朋友，還有老友如我，都會陪她的，更何況你的三個好兒女，知道媽媽習慣了和你同進同出，獨處總不免黯然，就都輪流陪著，即使出差，也帶著美琳回台，先安頓好媽媽再辦事，所以，你真可以放心。

美琳要把自己、親人、朋友對你的思念都收攏來，出本小書，作為紀念。在人生的路上，有幸能和你們同行五十多年，雖風景各異，既有艷陽、雷雨，也有初春之暖、深秋之愁，而良伴同行，自是不同。這前面的路，因你的脫隊，我會跟美琳走得更近些，請寬心。

小妹2009於康州冬盡春就來時

好兄弟後會有期

高理民

我與金陵相識打自民國三十九年，在報考海軍軍官學校一起筆試後，口試上排在一起，入伍時排隊他站在我後，畢業時他長了個子站在我前了，兄弟之交瞬間一甲子，六十年，他之歸去，最後雖是在預料之中，還是食道癌作祟，先此金陵與我也談起過生死，養生之道，從各個健康數據顯示，兄弟我理應先行，所以不時總是他在關心我，要我多保重，實則吾等未逾七五，但金陵之去，仍無常之變，弟深哀悼不已。回顧金哥之一生，生於憂患，卻完美精彩過了一生，讓人欽佩，當然五十年前起緣與美琳嬌妹結褵，從無到有，平步青雲五十年，兄弟我幸常在你倆左右，親眼看到，每憂必起，每折更挺，勝事連連。金哥你之去，家小不捨，美琳嬌妹更是不捨萬般，弟等何嘗能釋懷念，以前你給我取了綽號，叫我「高sir」，一生中你喊我「兄弟」時多，今追思萬萬兄弟我知道你不是大輕鬆，你顧家護家得很，你倆結合，氣度昇華，養育了老虎窩，個個傑出能幹，你處事應對，放下功夫了得，真是出凡、超俗，時有驚人之舉，像以前軍中政工人員之囂張，金哥直接找經國先生，你就是找蔣經國，我因侍奉長官永遠尊稱經國先生，我倆不同之立場，但心念一同，現在你已歸去，雖不復再言，但存者見證，大陸、台灣、美國、海峽兩岸三地，「天下何人不識君」，均是你的大四海帶來了滿天美譽，你與美琳嬌妹搭配成神仙伴侶，弟知在你有超強過人之記憶力，但最為世人欽佩者，你處世之厚道，對眾人、對社會之關懷，識人、洞察機先，但從未為此而困擾，實人之功，寬宏了得。你終生美譽，無愧無懷之得來一點不虛，同學吳漫宇暨戴更生賢伉儷，你暨美琳，弟等三個家庭，尤近十幾年來，經常把握，未曾聽過你隻字片語自滿之言，病魔使吾等歡聚減少，否則幾乎月月相見，無遠弗屆，一日不見如隔三秋，弟隨員差事幹了一輩，涉及中外元首級數十位，你如問我最親者，是做你與漫宇哥之隨員，這個經驗是經歷賭場後來，緣以外型看漫宇哥董事長，稱驕健保驃一世，但賭場是鈔票說話，你會自動升大亨級，兄弟我隨員差事都是周武正王，緊緊張張何來有亡？跟上你倆可真精彩，每言每計各個聽從，好過癮，這次弟開刀手術給美琳言先，如不過關，當然必去追你，為今過了這一關，時間問題，然告金哥，好兄弟後會有期。

金陵，一條有情有義的男子漢

徐學海

我在海軍，連同官校進修七年多，計服役四十二年，在海軍服務期間，大多數的工作崗位是在基層，特別是兵器學校校長一任就達六年二個月，所以我接觸的軍官袍澤十分廣泛，資深的有一九二五年煙台海校十七屆航畢業梁公序昭，資淺的有一九八三年官校畢業同學。

四十六年班（一九五七）同學和我共事的有幾位，而我熟悉的有廿多人，但我和金陵既未共過事亦不熟悉，可是，我對金陵並不陌生。緣一九七〇年，我自三軍大學戰爭學院畢業後，奉派「昆陽艦」（DD19）任艦長，副長是四十六年班同學李訓明。李員是本軍士官考入官校的，他雖然未曾留學美國，亦未在海參院進修過，但他的海軍基本學術很深厚，特別是戰情戰技十分嫻熟。昆陽艦當時是艦隊的主戰兵力，舉凡中美海軍反潛，海上整補（包含夜間）兩棲等操演或演習，昆陽艦定必參與且表現中規中矩，李訓明副長獻替良多，我和李副長共處的時間很多，當艦在海上馳騁，無論在指揮台上或是戰情中心或是官廳，我們除了交換艦務的意見外，亦會談談四十六年班同學的種種。

從李副長的介紹中，我知悉了金陵從台北建國中學高中畢業後考入海軍官校四十六年班，畢業後派艦服務，曾參加一九五八年「八二三」金門砲戰時運補與巡防金門等戰鬥任務，然於一九六一年，向上級申報和《自由中國》雜誌創刊者雷震先生的女公子，雷美琳結婚時，迭遭海總部政戰部橫加干擾與警告，但金陵堅持己見與雷女士成婚，自後，金陵遂遭到打壓，調職「附冊」，未再派任實職。

我在海軍退役後，一九八〇～九〇年間，在紐約發行的《海俊通訊》，由該刊的創辦人兼主編，三十九年班張澤生兄倡議；兩岸三地海軍同仁義務出錢出力，為海軍五〇年代白色恐怖案受冤袍澤爭取平反與補償。我基於為當年受難袍澤略盡道義之情，遂全力投入此一「平反與補償」工作，經數年的努力，此一工作終於獲致雖不圓滿但勉能接受的結果，相當部分的受冤袍澤得到了平反和國家賠償。當年，我曾親自前往行政院特別成立的「戒嚴時期不當叛亂及匪諜案件補償基金會」（其權責係審核冤案是否給予平反與補償，以下簡稱「基金會」）為本軍兩位曾遭受白色恐怖冤情的同學陳情，一位係三十八年班李仕材兄，另一位係四十六年班金陵同學（我從未向金陵伉儷提過此舉），「基金會」給我具體的答覆是：李仕材雖因案扣押九年，但案情是洩密，並非冤案。金陵雖因和雷女士結婚未再派任實職，但從未被扣押過，故兩人均不符所謂平反和補償之規定。

一九九九年，我移民美國，定居於舊金山灣區，早先移民灣區的海官校退役同學和其他海軍袍澤很多，很容易地，我遂和這些個袍澤們交往上，金陵伉儷亦在內，在灣區，當我的接觸面推廣些後，我發現金陵的人脈非常的廣，它包括了餐飲業、大眾傳播圈子、娛樂界等，不一而足，而且識者均公認金陵的為人豪爽、率直，是一位值得相交的朋友。

一九九四年六月中，金陵夥同四十五年班勞肇強，四十六年班吳漫宇、田民豐，四十八年班牛振鏞等在灣區定居的十二位同學發起，擬在灣區成立「北加州海軍聯誼會」，隨即獲得灣區袍澤們熱烈響應。「聯誼會」於是年十月三日正式成立，並由全體會員選出了榮譽理事長二人，榮譽理事三人，服務班另有理事八人、監事二人。我謬承理事們選任為第一屆理事長，金陵則為總幹事。「聯誼會」的組成目的係：舉辦聯誼活動，如旅遊、茶會、聚餐等；協助會員解決困難，疾病慰問及喪葬祭弔等。

我因係初到灣區，親友故舊較少，而金陵伉儷旅居灣區多年，人脈極廣，事故、聯誼會各項活動，金陵伉儷不僅策劃周全，並經常邀請由他組成且享譽灣區的「歌友會」蒞會表演，使「聯誼會」的活動熱烈地推動至最高潮，袍澤們均一致讚賞稱道。我雖在任兩年，但會務多係由金陵伉儷所遂行，我自是心存感激。

兩年後，「聯誼會」按組織規定改選理事長，金陵係眾所推舉的不二人選，其時，金陵的健康已亮起了紅燈，但他並未因此而推辭為大家服務的熱忱，他竟二話不說的接任了「聯誼會」第二屆理事長。金陵自接任理事長後，真是積極的推動「聯誼會」各項活動。

二〇〇七年八月間，以「聯誼會」的名義組團旅遊大陸北方幾大名城。緣「聯誼會」的活動項目中有安排會員旅遊一項，在我擔任理事長兩年期間，我有鑒於會員袍澤大多年事已高，作長途旅遊似不適宜，故未組團出遊。金陵卻認為旅遊行程安排妥貼，且獲得大陸官方有效支援，「聯誼會」老袍澤們的旅遊應會安全順利的完成。事實上，二〇〇六年，三、四月間，金陵曾先後在灣區史坦福大學醫療中心動了兩次大手術，健康尚未完全復原。但我深知金陵的個性，他決定了的事是不會動搖的。當他邀我參加此次旅遊時，雖說近年來我曾兩度遍遊過行將訪問的各地，但我二話不說，遂承諾了愚夫婦定必隨團出遊，為的是表達我對金陵的作為全力支持。由於我在軍中退役後，在台灣的老長官們，如俞柏生、鄒堅、劉和謙等上將組成的高爾夫球隊、網球隊，以及旅遊團，我一向被長官們指派擔任主其事的總幹事，所以我深知操辦旅遊團有著太多煩人的瑣事，以金陵的健康狀況言，實在是十分的不妥，所以我曾很嚴肅的建議金陵：務必找一位年輕幹練的袍澤擔任其助理，負責處理團務行政事宜，金陵曾告訴我會有人，但後來幾位被邀擔任其助理的年輕袍澤們因故未能成行，團務的重擔遂落在金陵伉儷的身上，毫無疑問，這次的旅遊對金陵健康的惡化有相當程度的影響。

二〇〇七年十月十九日，旅遊團各成員分別從美國舊金山、台灣等地出發，匯集之處是大陸大連市。旅遊團計有十八人，我們先後觀光了大連、旅順、煙台、蓬萊、劉公島、青島等地。

當我們抵達大連市香格里拉觀光飯店時，金陵就為大夥介紹「廣東省境外聯絡中心」譚主任，譚主任專程從廣州飛抵大連，擔任本團的「全陪」，是譚主任的安排，讓本團在各地的觀光節目中獲致了諸多的便利。

在大連，金陵的好友李洪國先生接待本團全體享用東北風味餐，盛情感人。

在青島，不僅只市台辦款待本團全體。北海艦隊副政委在該艦隊俱樂部餐廳以盛宴款待大家，其熱情、親切給我們留下了深刻的印象。

最難能可貴的是十月二十六日，北海艦隊部接待我們參觀其航空兵一處營區，它是一九四七至四九年，我們幾個年班，三十八、三十九、四十、四十一等同學進修受訓的營區，海官校學生總隊部。前此，我兩度到青島觀光，均試作舊地重遊，但均遭到駐軍的婉拒，這次，終於讓我還了宿願，為此，我曾為重遊「學生總隊」草寫一遊記發表於紐約發行的《海俊通訊》上，讓當年在斯地受教的學長們重溫舊日情懷。

當然，在這次旅遊的過程中，亦遭受了一些不順遂的瑣事，譬如從大連到煙台的海上行程，究係搭乘高速抑或低速的輪渡，當地旅行社的安排一再的改變，最後，決定了搭乘「棒捶島」汽車輪渡，而該輪的環境惡劣，七個小時的航程讓大夥受罪透了。又如旅遊團在青島最後兩天，十月二十六、二十七日，係自由活動，但當地旅行社竟然不供應大夥的餐飲，讓大家十分的不滿（事後，美國旅行社坦承錯誤，予本團以賠償）。

總結這次旅遊，金陵伉儷全力投入，算得上安全圓滿的結束。

二〇〇八年七月十九日，金陵伉儷邀請「聯誼會」全體理監事在灣區「小二又一家」餐廳共進早餐，並討論下一屆理監事的選舉事宜，以及九月十三日舉行「聯誼會」中秋節慶祝活動節目等，當時金陵的體能已十分的衰弱，既不能進食，甚而坐立不安，但他仍堅持親自主持會議，由於情緒的關係，他偶然會對金大嫂發發小脾氣，金大嫂很耐心的應對著。

二〇〇八年九月十三日，「聯誼會」中秋節聯歡節目熱烈地進行，然理事長金陵卻缺席了，是晚午夜，金陵辭世了！

二〇〇八年九月二十日，金陵殯葬彌撒在灣區ST CLARE'S教堂舉行，參與追思儀式的親友故舊兩百多人，我承金大嫂之邀，代表灣區海軍袍澤們敬致悼詞，其內容摘錄如後：

金陵和家人追隨政府自大陸撤退到台灣，他在台北市名校建國中學畢業，以其學業成績，他可以進入台灣大學就讀，但他卻選擇了海軍官校，當年，台灣正處在風雨飄搖下的境況，中共隨時可能要「血洗」台灣，金陵此一選擇，顯示了他大無畏的勇氣，而且，他選的不是一份職業，而是一份無法預料的事業，他深愛著海軍。當他認識了雷震先生的女公子，雷美琳後，旋進入熱戀，而雷震先生追求台灣的民主、自由等作為，已不見容於當年的蔣老總統中正，金陵當然理解他和雷小姐的愛情發展，絕對對他在海軍的仕途極端不利，然而並未稍稍退縮，他寧願喪失了他的海軍事業，毅然和雷小姐結婚，這是愛最高的表現，金陵從二十幾歲起就遭受了極端不公平的打壓，但他從未有過懷憂喪志，他和金大嫂在逆境中打拚，奮鬥不懈，在任何惡劣的境況下，他為人處世一直堅持著一個「義」字，所以，他所到之處，均能交到了上心的朋友，是故，金陵譽之為我國古文學稱的「遊俠」，誠當之無愧。

作為一個男子漢，終其一生追求的是：事業和家庭，金陵在海軍的事業算是「斷刀」了。但他的家庭，由於他和金大嫂孜孜耕耘，金家是甜蜜的、溫馨的、美好的、光明的。金陵老弟，你相識的親友都讚賞你，你在天堂上可以含笑了！

懷念金大哥

孫鵬萬

認識金大哥是在一九九三年，那年吉寧跟我移民到美國住在聖荷西出租的公寓中，等候綠卡。四爺、毛弟邀我參加南灣歌友會，並且要我也上台去唱歌，唱完剛回到座位，一位挺帥的男士走過來問我，孫鵬九是你什麼人？我說是我哥哥，就這樣第一次見到金大哥，原來他是鵬九哥海軍官校的學長。

二〇〇八年九月，金大嫂電話中告知金大哥的病情不十分樂觀，我由洛杉磯飛回聖荷西趕到金大哥家，他躺在客廳的床上，顯得很虛弱，但很高興看到我，我拉著他的手一起祈禱，求天主賜給他力量來面對病痛，還帶了一張耶穌像祈禱小卡片給他，他拿著看了好一會兒，用很微弱的聲音告訴我，他會常常祈禱，他不害怕，他很平安，我心中感到很安慰，答應過幾週再來看他，當天又飛回洛杉磯，沒想到這是我跟金大哥見的最後一面。

回憶相識的十五年，比他其他朋友時間要短，何況其間我又離開聖荷西遷到洛杉磯居住，但是彷彿是很親密的老朋友，他總像個大哥哥似的照顧我，我們從歌友、餐友、牌友到教堂又到賭城，真是非常特殊的交往。從南灣歌友會那晚見面之後，不久便在報紙上看到金大哥夫婦倆出大車禍的新聞，我並沒有去探望，僅是朋友轉述他們康復的經過；那時初到北加州，人生地不熟，還好有高中同學何紹徵及早在台北就認識的李成渝，邀約了八揆、承華，再加上我們五對夫婦，經常在成渝的飯館聚餐，金大哥大嫂也加入我們的聚會，於是每週的餐聚、唱卡拉OK、打麻將，經常在一起，走動得很熱絡，記得我由台北帶去一副牌九，過年時大哥最喜歡一同推推牌九熱鬧一下，有些過年的氣氛，而大嫂烹飪的美味，想起來還會流口水。

大嫂車禍雖然康復，但因為傷到面部，因此需要做復健的手術，從臉部、嘴角、到眼睛等細部的手術不知做了多少次，大哥都陪在身邊，他們夫妻的感情很深，也可說是多年患難夫妻，我們也很佩服大嫂的勇氣與毅力。大嫂知道吉寧與我在天主教教會中做義工，每次開刀，總要我們邀請教友一同為手術的順利而祈禱，大嫂在這種病痛的過程中，與天主有碰觸的經驗，因此很感動，開始想進一步認識天主教，星期天便邀他們一同去教堂，總是大哥開車送大嫂來，大哥坐在門口等，我暗想要讓大哥有信仰，似乎並不容易。慕道班開始，伯初打電話來告知，不但大嫂，連大哥也加入慕道班，吉寧跟我非常高興，因為我們知道這是天主賞賜的恩寵。其實這時我們已遷居到洛杉磯，幸虧有顧神父、伯初、齊家、明淑等人的陪伴，金大哥金大嫂完成了半年多的慕道課程，而在第二年復活節前夕，接受洗禮，吉寧與我也很榮幸的做了他們信仰上的代父母。

移居南加州，大哥大嫂來訪，許多次我們回北加州總住在他們家中，有時大哥想去賭城，我也開車從洛杉磯去會合，在此期間也經常電話長談，那時他正為雷伯伯基金會的成立以及出書忙碌，我也因為大陸居然承認八年抗戰國軍的貢獻，先父台兒莊大捷的事又舊事重提，我想塑像贈送台兒莊紀念館，以及接受抗日戰爭勝利六十週年慶祝會的邀請等事，都是在電話長談中與大哥商量，他給了我不少的鼓勵與意見。

大哥對於朋友很熱誠，很講義氣，也很念舊，記得好友龔友愚從患癌到去世，大哥非常著急與難過，好多次在電話中談到而流淚，但再也沒想到他自己也患了食道癌，他再次要我為他祈禱，在史丹福醫院住院時，開刀前、開刀後，大出血的前後，我們經常在電話中一同祈禱，尤其大出血被救回後，他沒有抱怨仍然感謝天主的保佑，他的信德令人感動。食道開刀有許多沒想到的後遺症，最頭痛的是飲食的問題，大嫂為了他的飲食，傷透了腦筋，但也正因為這麼用心的照顧，大哥的體重雖然未增加太多，但體力卻恢復得很好，這實在是大嫂的功勞，於是我們又相約到賭城去玩個痛快。

二〇〇七年他們回台灣住了很久，一方面為雷伯伯基金會事，一方面他又率海軍官校校友團回大陸訪問，我心中暗暗的著急，擔心他體力消耗太大，他從台北打電話告訴我他很好，每天還游泳運動，叫我放心，不久知道他們已返抵聖荷西，但奇怪的是電話不多，我因為教堂的事忙，也沒在意。二〇〇八年初他電話邀約去賭城見面，吉寧與我依約前往，見面時我嚇了一跳，大哥骨瘦如柴，坐著輪椅，呼吸短促，我頭一次跟他發脾氣，怪他太貪玩，大嫂說也阻止不了他，只好帶他來，他笑說沒關係，坐著輪椅執意要玩，我們勉強玩了二天便坐我車回到洛杉磯美麗姐家，但情況不對，趕緊讓湯姆由北加州開車把他接回北加州醫院檢查。原來是肺部感染，這期間都是大嫂打電話或我打電話去問情況，有一陣子說好多了，但大哥再也沒有給我撥電話，直到接到大嫂的電話，告知醫生說不太樂觀。

在大哥葬禮的前夕，按天主教的習慣，舉行前夕祈禱，大家唸完玫瑰經，接著是親友的分享，我聽到了許多感人的故事，由此可見，大哥真有豪俠的風範，樂於助人，見義勇為，對家人對朋友的熱情，對僑界與社團的貢獻，當然也聽到當年他無奈的離開台灣，在美國打拚的困難與辛酸，這些事他從未跟我抱怨，他從未後悔，總是勇往直前，我真佩服他。所幸近年來兒女長成，事業均有成就又非常孝順，相信他在天之靈一定很安慰，也不必為大嫂擔心。回想十五年與大哥交往，見面雖不算多，我們有比親兄弟還親的友誼，我總感覺這是緣份，只可惜大哥不算高壽，走得早了一些，有些遺憾。前些時日讀聖經，讀到智慧篇第三章時，我領悟到天主的旨意，因為義人的靈魂在天主手裡，痛苦不能傷害他，他是處於安寧中，雖然在人看來他是受了苦，其實卻充滿著永生的希望，我了解大嫂的傷痛，但錄下這段經句互勉，我們有信仰真好，充滿著永生的希望，我們知道這不過是短暫的別離，將來我們與大哥又會在天堂相聚。

我認識一個海軍——懷念金陵

康芸薇

美琳說她十八歲認識金陵。

我和美琳是好友，初一同班，我認識金陵也五十多年了。

第一次聽到金陵這個名字我記得很清楚，美琳用四川話對我說：

「我認識一個海軍叫金陵。」

美琳有個像林青霞那樣的下巴，講話喜歡仰起臉來，她的下巴不是尖的、圓的和方的，而是下巴中間有個小小酒窩，讓人感覺性感與俏皮。

十多歲的女孩正是崇拜英雄的時候，陸海空軍中我們最崇拜海軍，當然是因為白色的軍服配上藍色海洋的緣故。美琳的話讓我感到有些浪漫，但是並沒有想到她戀愛了。

直到有個晚上金陵的軍艦停泊在基隆港，美琳約我和我們另一位好友武陽去看他，我才意識到美琳與金陵之間不尋常。那時我同武陽都還沒有男朋友，夜晚跑到基隆軍艦上去看望一個海軍軍官，我們二人都有點懷著士為知己者死的慷慨和不安。

美琳與我都是文藝青年，武陽平實，美琳愛看小說、電影，拉著我一起看。美琳很會說故事，看電影她會像影評人一般在我耳邊說個不停，我那時完全沒有自己的鑑賞力。

還未見到金陵我已感到他是我與美琳之間和諧的一個破壞

者，心中不是滋味！看了武陽一眼，她竟然在車上睡著了，我喊她她沒有理會。到了基隆，我問武陽怎麼睡著了？她說：

「我沒有睡著，聽到你叫我，我前面站了個老先生，台北到基隆很遠，我不想讓位子，只有閉上眼睛不看他。」

美琳和我都笑了，我們兩個人嘰嘰喳喳說著話，不知道我們附近站了個老先生。

金陵乘坐的軍艦不大，晚上看不到藍天和海洋令我有些失望。金陵見到我與武陽很自然的喊我們的名字，彷彿我們是他的老朋友，我記不得那晚金陵有沒有穿白色海軍服，後來他同美琳結婚我也一直沒有看過，這裡面有一個故事。

美琳的父親是《自由中國》雜誌創辦人雷震先生，因為寫文章批評政府，以叛亂罪被關進監獄。那時是白色恐怖時代，軍人結婚需要軍方批准，金陵和美琳結婚申請了幾次，因為美琳是雷震之女，軍方都未批准，兩個人悄悄結了婚。美琳在世新讀書的老師于衡在《聯合報》寫了篇報導「雷震獄中嫁女」，海軍總部看到了把金陵調了個閒差。熱愛海洋的金陵在辦公室沒事做，就申請等待退休。

美琳在彰化銀行工作，她生了小老虎之後，金陵就在家中當奶爸。那時大家生活窮苦，但是社會安定，美琳在彰化銀行工作是金飯碗，又有金陵在家替她照顧兒子，我和武陽對她頗為羨慕。

那時從大陸跟政府來台灣的人，都在等待著政府帶領我們回大陸去，一個個都忠黨愛國，對於金陵受到政治迫害、年紀輕輕在家中當奶爸這件事，感受不深。金陵性情和平，當奶爸之餘看看書，寫寫文章，抽根香煙，也沒有聽過他對政治迫害這件事有所抱怨。美琳和金陵很恩愛，有美琳的地方就可以看到金陵，他個子高，抱個小孩子走到哪裡都十分醒目，給我印象深刻。

後來美琳生了弟弟，金陵的奶爸一職更加有經驗，兩個孩子大一點之後，家中有三把籐椅父子三人各坐一張。兩個小兄弟排排坐，金陵坐在他們對面，除了入廁不准離開籐椅。金陵坐在那裡看武俠小說，兩兄弟看圖畫書，如果吵鬧金陵就給他們吃糖果餅乾，或者講武俠故事給他們聽。

美琳下班回來見兩個孩子乾乾淨淨，沒有跌倒摔傷很高興，問金陵怎麼這麼有本事，他說：

「簡單！讓他們坐在籐椅上不准下來，鬧的時候給他們吃點東西，或者說段故事給他們聽，再不然拿板子嚇嚇他們。」

美琳把這件事告訴大家，大家笑成了一團，說金陵的教子之道很新鮮。

時間一天天過去，小老虎和弟弟漸漸長大，美琳不忍讓金陵一直閒在家中，移民到美國去了。他們在舊金山開了個中國小吃店，我去過，中國食物西式裝潢，頗有氣氛。

一些住在舊金山、政府不准回台的黨外人士，聽說《自由中國》雜誌創辦人雷震之女在此開店，前來拜訪，美琳和金陵都愛朋友，他們的小吃店就成了許多黨外人士聚集的地方。

美琳除了是雷震之女，他們在舊金山開的小吃店又是黨外人士的聚集地，她和金陵每次回來探親在海關都遭到搜身，她氣憤的向我抱怨：

「我爸爸、媽媽不在以後我就不回台灣。」

雷伯伯走得早，雷伯母後來也走了，美琳和金陵以後就很少回台灣。我們都漸漸的老了，過了七十歲我對去美國望之卻步，以為這一生見不到美琳了！那天她一個人回來了，見面第一句話就對我說：

「金陵走了。」

怕我沒聽懂接著又說：

「金陵走了，我回來想替他出一本書。」

我不知道該說什麼話，從來有美琳的地方就會有金陵，如今只剩下她一個人了！她用四川話，我們少女時代的語言輕柔的對我說：

「金陵得了食道癌，病了兩年，瘦得只剩皮包骨。」

我仍然不知講什麼話，她又喃喃的說：

「金陵走後我一直在想，這個世界最愛我，我也最愛的兩個男人，我爸爸和金陵都離開了我；當年如果金陵沒有和我結婚娶了別人，他或許還活著，他或許會有一個很好的前途，他們海軍官校的同學現在都當了將軍。」

我不知道怎麼安慰她，心中感覺難過和遺憾，我一生只認識金陵這麼一個海軍，卻從不曾看過他穿白色的海軍服。

老友話金陵

陳可崗

金陵終於在中秋節的前夕騎鯨而去了，看他吃盡多少苦頭，卻不肯認輸地奮戰不懈，「打斷骨頭顛倒勇」地力拚，安靜地離開或許是樁好事。

九月二十七日，李淵民來電說：雷美琳要為金陵出一冊紀念文集，囑我寫一篇有關金陵的文字。我想，此事義不容辭，同時，我們都是七老八十的人，老友中，有許多已經無法執筆，雖然都與金陵有些美好的回憶，卻難以筆墨來緬懷，我如果協助將他們的心聲表達出來，應該是一件甚有意義的事情，念頭一起，馬上想到陳正，於是我立即拿起電話打給他。陳正夫婦近幾年來健康狀況都不佳，已經很久不出席同學間的活動了，他們年輕時與金陵夫婦過從甚密，壯年後都移居美國，分別在南、北加州艱辛地為生活打拚，陳正於洛杉磯經營小賣店、烈酒店；金陵於聖荷西開餐館，賺的皆是辛苦錢。可喜的是他們也都培育出能幹孝順的子女，子女的回饋，讓老人們到了退休時生活安定無憂。

我對著電話說：「陳正，金陵走了！」

「我知道！」

「雷美琳要為金陵出一本紀念冊，讓我為他寫一篇文章，我覺得大家都懷念他，可是並非大家都還能執筆，我有幸手還能寫，願意為大家代勞。你和金陵情誼深厚，相信必定有許多極為珍貴的回憶，讓我找一天來你家談談，幫你把回憶寫成文字，刊登在金陵的紀念冊上。」

「好！」陳正回答得十分乾脆。

三十分鐘之後，我的電話鈴響了，我拿起耳機。

「喂，陳可崗嗎？我是陳正。」

「哦，……」

「剛才電話中所談的事，我想我無法做了，因為我的頭腦已經開始失憶，對於過去的事祇能片段地想起來，不能將它們串聯在一起，我十分懷念金陵，我們除了在官校時常常同遊外，畢業後更在同一艘船上共事，而且我認識雷美琳甚至還比金陵早，我的母親老早和她母親是牌友，所以我從小就認識她。」

「啊，既然如此，那麼便讓我把你的片段回憶記錄下來，刊載在金陵的紀念冊裡，雷美琳會很高興看到的。」我仍然企圖勸說他。

「不了，謝謝你的好意，我想我的體力不許可，就不麻煩你了！」

「好吧，如果你覺得可以做，請打電話給我，你再考慮考慮，還有時間。」

於是，我默默地掛上電話，感慨真是歲月不饒人啊！

金陵與陳正是我們班上若干位勇於對抗威權的同學中很出色的兩位，在我們當學生的那個年代，中華民國剛自大陸退居至海角一隅，被中共逼到「無處可退」的境地，當政者以戒嚴統治來確保金馬台澎免受赤化，社會上因而湧現出對抗威權的鬥士，為同胞爭取較多自由民主的政治空間。軍隊的管理比社會的威權管理更威權，還充斥許多無理的要求，名之為「磨練」，我們如今不必探討磨練的要求應該達到什麼程度，惟可以瞭解當不合理的威權到了某種程度時，必定有一部分的被統治者會進行一些抗爭。同學們承受威權的心理程度不同，抵抗的方式各異，最剛強的當然是經常性的與長官衝突，另有一些人則是於承受不了時選擇離開。金陵是屬於前者，正如當年爭取自由民主的前輩鬥士雷震先生，不斷地衝撞蔣中正的威權統治，創辦《自由中國》雜誌，呼籲組織民主政黨，以致身陷囹圄。金陵也具有這種無畏的性格，無怪乎雷震先生以他的愛女下嫁給金陵。再說，雷美琳何嘗不是因金陵有乃父的不畏威權的性格而鍾情於他。

我自認是屬於不足與威權正面抗衡的一類，因此我選擇中途退出了海軍官校，便沒有機會擔任軍艦上的職務，也沒有與金陵共過事。數十年後再見到金陵、美琳夫婦時，是彼此都在美國刻苦謀生的時候，金陵在北加，我在南加。起初相聚機會極少，待我們都漸漸安定後，南來北往的機會便增加了，我往北加去看過他們二、三回，每回他們都請我們吃飯；他們來南加三、四趟，每趟也由他們召宴大夥兒同學。後來金陵由於攝護腺發生狀況，夜裡起床如廁次數太多而心生警惕。張耀燊回憶說：「我與金陵每星期都會通電話聊聊，去年有一回我打電話問他因攝護腺看醫生有何進展，他沒有回答我，卻說他與吳漫宇去吃水餃，居然吞不下去，一吞東西喉嚨就痛，無法下嚥。我勸他去看醫生，他還以為是小事，等治好攝護腺的毛病再說，沒料到竟然得了食道癌！」

當然，我們聽到消息之後都嚇一大跳，為他擔憂。金陵是在史坦福大學醫療中心醫治他的食道毛病，那是世界第一流的醫院，先用化療方法將患部的腫瘤縮小，才將腫瘤部分的一截食道切除，再將胃部提高接上。金陵將這些手術做完之後，復原得不錯，精神很好，體型則瘦了許多，因為仍然食難下嚥。吳漫宇說：「金陵開刀之後，復健做得蠻好的，我們為他組成一個美食團，時常到處找美食，希望讓他多吃，增加一些體重。他起先還有一百二十磅，後來他回台灣參加班慶，接著又帶領灣區的海軍官校校友會往青島、大連參訪，好像要測試自己的體力，我勸他別過度勞累，他以身為校友會會長，非親自領隊不可，還是出發了，他又凡事不放心，不交給學弟們代勞，等到從中國大陸回到美國，又瘦了二十磅。」

漫宇繼續說：「回家之後，不多久又嚷著要去拉斯維加斯散心，要我陪他一起去。我不願意他還沒休息好，又去賭城耗費體力，便推稱有事，然而他非去不可，我便跟他約好兩天後在洛杉磯和他聚齊，因為他說想去洛杉磯看陳正。我到了洛杉磯後聯絡不上金陵，便找了你及吳仲堪一起吃個中飯，然後到我的父親墓園鞠了躬，便回去聖荷西，因為翌日還要送戴更生去洗腎。」

「過兩天一問，才知道金陵自拉斯維加斯到洛杉磯之後，在姓孫的朋友家昏迷了，無法自行搭飛機回去聖荷西，結果以電話召他兒子開車下去接他回家，妳看他不是故意折磨自己嗎？過後他的健康就江河日下。」漫宇重重地嘆一口氣。

七月三十一日，我和恕穎有事到舊金山，遂約請張鴻是、歐桂芳夫婦，劉若鐸、高潤秀夫婦，及吳漫宇、戴更生夫婦陪我們去看金陵，事先與雷美琳聯絡，她很高興要請我們吃晚飯。那天我們先去鴻是家，與若鐸會齊後便去金陵家，漫宇則在金家等我們。

若鐸說：「我不敢在美國駕車，平常無法去探視金陵，只有趁女兒帶外孫去看醫生時順便去看他。他吃不下東西，可是喜歡慢嚼饅頭，我便每隔一段時間自製一袋五穀營養饅頭送去他家，因看診時間關係，往往丟下饅頭就匆匆離開。」

雷美琳回應道：「若鐸非常客氣，常常送來饅頭就走了，請他稍微留下喝杯茶都不肯。我知道他愛吃紅燒豬腳，有一次知道他要來，便先做了一鍋紅燒豬腳等他，他把饅頭送到門口，我請他等一等，進去廚房拿豬腳給他，誰知轉過身出來，他已經走了。我今天特別交代餐館老闆幫我做一碗紅燒豬腳請若鐸吃，老闆說他只做紅燒蹄膀，菜單上沒有紅燒豬腳，我要他去市場特別買豬腳回來。」

我們於下午五時左右來到金家，漫宇夫婦已經等待多時，金陵原本也下來客廳坐等，惟因體力不支，回到樓上臥房躺下。我們抵達後沒好久，金陵下樓來了，可是僅下了一半，便坐在階梯上喘息，我見了大吃一驚，趕緊迎上去扶他。去年班慶之前，我也曾去看他，雖然瘦了許多，尚可拄著拐杖走路，甚至自己駕車；班慶中拍的光碟，顯示金陵亦能自由走動。才不過半年多，竟虛弱到如此地步，我不禁一陣心酸，眼淚奪眶而出。金陵喘息了一會兒之後，大聲說：「好了，可以走了！」就站起來快步出門，直衝進漫宇的汽車裡坐下，又已經呼吸不過來了。到了餐館，金陵癱坐在車中，教我上車陪他坐一會兒，我遂與漫宇聊聊天，金陵靜靜地聽，用力喘氣。

漫宇說：「金陵前兩天還好好的，我們還一起出去吃飯，他吃了一小碗；他聽說你們十月中去多倫多看高理民，他嚷著也要去。雷美琳要他乖乖地多吃點東西，體重增加兩磅之後，她會陪他去。可是，今天的情形非常差。」金陵一聽便掙扎著下車，說：「走，我們吃飯去！」不要人扶，直衝進餐館裡，可見他是多麼不服輸。進餐館坐下，又是喘息不已，看來他的肺部已經失去呼吸的功能，坐下來五分鐘，一直叫熱，受不了，什麼都沒吃就回去車上休息。

看著金陵受盡那麼樣的折磨，美琳叫來的盛筵大家也都難以寬懷享受，匆匆用過即由漫宇送金陵回家；我則負責送若鐸夫婦回家。分手前我到漫宇的車子與金陵握別，看著他那只剩皮包骨的軀殼，用盡全力地喘氣，我知道那是生離死別的一刻。

駕車回去洛杉磯途中，我跟恕穎說，恐怕這一兩個星期之內將要再跑一次舊金山，金陵看來是拖不久了。八月一日回到家裡，我即打電話給漫宇，把我心中的疑慮告訴他。漫宇說：「不會那麼快，我的妹夫也是這樣的病，完全不能進食，後來插上胃管又維持了三個月。我想醫師會替金陵插上胃管來維持生命，不過，恐怕他不肯使用。」沒錯，醫師後來替金陵插上胃管，可是金陵自己拔掉，他不要那麼樣來維持生命。

如此等待了一個月，勞動節過後的一個早晨，我在家中接到漫宇電話：「可崗，金陵被緊急送去醫院了，美琳剛剛打電話給我，哭哭啼啼地說醫師已宣佈放棄救援，她要我立即趕到醫院研商是否尚有可為。我現在就去，請你告訴洛杉磯的同學，看來沒救了。」我立刻將漫宇的話轉告李淵民及李植甫，同時也準備上聖荷西送金陵最後一程。我想到張鴻是的女兒家非常大，住七、八人絕無問題，他家在沙拉吐加，與聖荷西是相鄰都市，遂馬上與鴻是聯絡。鴻是說：「沒問題，一有狀況就開車過來吧，我隨時接待。」金陵的生命力很強，雖然醫師早已宣佈放棄，他也不願留在醫院，搬回家裡依賴氧氣罩供氣。但是他聽說淵民與耀燊於九月十一日趕來看他，就一直等待他們的到來，跟他的結拜大哥訣別之後，便進入彌留。

若鐸回憶說：「九月十三日下午三點，我與秀潤參加海軍聯誼會之後來到金陵家探望，來應門的是金陵的女婿，原來金陵的全家人都到了。我們上樓去看他，祇見大家圍攏在他床邊，美琳及她們的幼子Tom跪在床前，手按在他的胸口測試他的心跳，據稱不久之前曾經短暫停止過。我們以為會目睹他離去，後來漫宇夫婦也來了，我們見房間已太擁擠，留下來也幫不了什麼忙，便上前握握他的手與他訣別。他的手涼涼的，已經沒有反應。」

若鐸進一步回憶說：「在官校早期的日子裡，金陵和我都是校運會及全軍運動會中一千五百公尺武裝賽跑的選手，跑這個項目非常吃力，全副武裝揹負那十幾公斤的三八步槍跑步，可需要相當堅忍的功夫，不比一般的球類運動。任何人願意承擔這項比賽都得到我的尊敬，我是當兵出身，曾經在孫立人的新兵訓練中心受過千錘百鍊，而一般自高中畢業一腳跨進海軍官校的青年則不然，也可見得金陵是一個任勞任怨、吃得了苦的人。他畢業之後大概一共只幹過四個職務：美亨軍艦的見習官，士校的區隊長，永壽軍艦的槍砲官，以及總部儀隊的區隊長。我覺得若非受到政工系統的不合理的打擊，金陵是會在海軍幹出一番事業來的。」

九月二十日，美琳為金陵追思，我因被別的事務纏住，沒辦法趕往參加，鴻是也因為整理後園而跌斷手臂，以致原先預備去送行的南加老友只有淵民夫婦成行。

趙榮華接獲我通知金陵的噩耗之後，來信說：「兩年前有一天接到一通電話，說是『自南京打來的，你知道我是誰嗎？』我那時腦筋尚未秀逗，馬上就想到是金陵。他和我一談便一個多小時，從他過去的種種遭遇，到他如何回台灣為其岳父雷震先生向政府爭取基金會的基金等等，無所不談，非常痛快。去年班慶聚會時，他和金大嫂都出席了，我們曾數度交談，那時他看來還不錯，對前景也頗樂觀，但終未能擊敗病魔，令人遺憾。」

可不是嗎，美琳也說：「我根本不以為他去得那麼快，因為金陵天天叫我放心，他不會離開我的。」

可是，一個多月之後，我去多倫多探望高理民，因為他行將冒險切除他那大如高爾夫球的動脈腫瘤。理民告訴我一個祕密：「金陵平日嘻笑怒罵，非常隨和，實則十分認真；他極力不在美琳面前顯露出他已無法再拖延了。在金陵走的前一天，從昏睡中醒過來，見美琳不在身旁，便偷偷打電話給我，向我說再見，因為他自知已到生命的最後一刻。我跟他說，我亦已決定動手術切除我的動脈腫瘤，如果我過得了關，會到聖荷西去看美琳，如果我過不了這一關，就到天堂來和你團聚。老友，再見了！」

我於此順便附上一筆，理民業於十一月初過關了。

憶金陵大哥

陳陵

明天是金大哥過生日，讓我這個認識他二十年的妹子歌友分外懷念他，在他走了這三個月的日子裡，大哥的音容常活生生地跳躍於我眼前，認識我們南灣歌友會創辦人金大哥的緣份，得從一九八八年踏進桑尼維爾竹園餐廳的那一刻說起。

當時卡拉OK剛在華人圈崛起，喜歡唱歌或愛熱鬧的朋友趨之若鶩，幾乎每個星期五、六晚都泡在那個中國餐館，把斗大的地方擠得爆篷。記憶中的金大哥比較屬於第二類的歌友，他歌唱得不多，偶爾喜歡跟一些男生在門外吞雲吐霧把酒言歡，輪到他唱歌時老愛唱他拿手的「一個人」、Can't Help Falling In Love及「戀曲一九九〇」這幾條歌，平常對我們這些比較年輕的歌友話並不是很多，不過碰到在外面的場合總會像大哥哥一般地照顧我們，久而久之得到大夥的尊敬，所以當金大哥提議我們這個聚集頻密的小社團成立為南灣歌友會時，一切是那麼地水到渠成，龍頭老大的頭銜更是非他莫屬。

金大哥接掌歌友會一年，辦的是有聲有色並且是有情有義，因他的熱心領導曾救助過大陸災胞及贊助過南灣地方華人參政，慫恿大家以歌會友外更要以歌聲做善事，接下來的幾年共事讓我更發現他為人厚道大方，鑒於竹園老闆換人，當時金氏夫婦興起經營美而廉餐廳，讓南灣歌友們週末這才又有了新家，回想起在美而廉的幾年時光，現在嘴角還會往上翹呢！

後來好一陣子大家來往減少了，這跟歌友會聚無定所及年齡漸長有關吧！接下來幾年癌魔無情地先後奪走了我們兩位歌友，直到兩年前又驚聞金大哥也病了，我決定找老歌友多給大哥在病痛中送溫暖。桂香、蕾蕾及我經常送上門來「三找一」搓麻將幫他解悶，大哥打累了大嫂上，眼看著大哥日漸消瘦很是心疼，做朋友的我們卻是這麼地無能為力，其間鐘金元老弟曾呼籲南灣歌友幾十人到金府探望金大哥三兩次，回想病人當時無力地躺在沙發上，大夥圍繞其中，大哥的心想必感受到友情的溫暖吧！

我常聽老一輩的人說，想念一個人要想他好的樣子快樂的神情，這陣子我努力地找回我心目中的金大哥：一個高高的，跳吉力巴用手輕甩舞伴不時摸一下小飛機頭的帥哥，口中常叫著「雷美琳雷美琳」的湖北佬，還有見到了我老愛說，「陳陵妳又發福了！」的金陵大哥。

寫於金大哥生日前夕，2008.12.3, Cupertino, California

金陵小傳

張泉增

金陵（1934-2008），湖北沔陽人。父金成前老先生，黃埔軍校前期畢業，抗日戰爭中，因奮勇作戰負傷，改調任為傷患官兵中心主任，專責照顧對日戰爭期間傷殘軍官及士兵。民國三十八年，奉命將傷殘官兵撤往台灣。該照顧傷殘官兵單位，實即台灣日後著名之榮民輔導會之前身也。金陵隨父母遷台後，入台北建國中學高中，於民國四十二年畢業，並於同年考入海軍軍官學校四十六年班。民四十七年，奉派登艦任職，適逢台海八二三砲戰，乃隨艦參與運補作戰，艱辛備嚐。後調海軍士校、海軍總部等單位任職，得認識雷震先生之女公子雷美琳小姐，而於民五十一年初在台北市結婚。婚後育子二人，女一人，皆有所成。金陵與美琳交往期間，正值雷震主持之《自由中國》雜誌，以言論與蔣介石父子爭論之時。蔣氏於民四十九年四月，以涉嫌叛亂罪將雷震提起公訴，並判入獄十年。金陵軍中生涯，自然深受影響，乃不得不提前退役，轉入民間工作。縱此，其工作仍多受妨礙，乃於民六十三年間，攜妻、子女等闔家赴美，卜居舊金山經商居住，直至辭世。在雷震審判期間，擔任辯護律師中即有陳水扁、謝長廷二氏，而雷震實亦為台灣黨外民主運動之先驅。故金陵亦與接續之民進黨人士施明德及陳、謝二氏等交往而夙具淵源。金陵重情尚義，雖與施、陳、謝等諸氏來往，但在舊金山灣區，仍熱誠參與退休海軍聯誼活動，後並出任該聯誼會會長，深受灣區海軍同仁之敬重與歡迎。民九十六年十月，金陵開刀治療後不久，仍抱病率海軍聯誼會參訪團，赴青島海軍官校故址作懷舊之旅，北京特指派軍官三人南下，配合北海艦隊全程接待。該次參訪結束後，金陵尚偕夫人美琳女士來台，出席四十六年班畢業五十週年慶祝活動。其爽朗瀟灑身影，尚留眼前，竟遽然長逝，誠令人唏噓長歎也！筆者最愛「冬夜夢金陵」合唱曲，該曲女聲合唱，婉轉動聽，令人神往。蓋六朝古都，民國往事，其興亡滄桑，似皆由其詞曲中傳達了蓋世風華。再聆此曲，則語意雙關，多了一層對同窗好友的無盡思念。

二〇〇八年十月八日

好友金陵

張耀桑

今年九月四日凌晨，在睡夢中突然接到吳漫宇自北加州打來的電話，告知金陵在家忽然暈倒，頃已送往史丹福大學附屬醫院急救，他今晚會去醫院陪金陵，希望能安然度過云云。漫宇並交代我應儘早到北加看看金陵。我驟然得此消息，內心深為震動，想起數月前，他尚因漫宇約我和朱再兮學長伉儷於九月份到拉斯維加斯聚會，而改變原定九月返台行程，沒想到只差十天不到，金陵他竟體力不支，無法實踐他要陪我到處走走的豪情了，真是造化弄人。

我因為華航飛舊金山的機位難求，即按既定行程於九月十日直飛洛杉磯，得李淵民鼎助，於次日駕車偕我直奔北加金府，是日午後三時許抵達，我們直趨金陵病榻向他致意，握手之際，他竟然穩定而有力的較起握力，而突然間他手腕一翻將我的手臂壓下去，臉上展現一抹他慣有的調皮又促狹的笑容，此舉讓我重燃他會康復的信心，一會兒漫宇伉儷也到了，大家和他交談，雖然他聲音微弱需要俯身貼耳才能領會他的意思，但是他的反應和聽覺卻沒有一點退化，聊天之間金大嫂告訴李淵民和我週六（9/13）海軍聯誼會開年會，可以見到許多同學和故舊，希望我們能參加，金陵馬上兩手比個圓圈，輕聲不知說些什麼，在坐者都以為他叫雷美琳拿月餅招待我們，因為再過三天就是中秋節了，金大嫂趨前聽個明白，才知道他吩咐帶KARAOKE唱片去聯誼會，讓張耀燊唱歌，他的心思細密，反應並沒有因身體虛弱而稍減，當時令我非常感動，不由自主脫口向他喊話：「你沒有什麼大病，只要好好吃東西，你會康復的。」說出這種話真是不可思議，但是我卻多麼地期待著奇蹟，以他熱愛生命永不放棄的個性，與病魔決鬥而終能贏回生命。說實在的，當時去探病者，個個心情都蠻沉重的，而金陵反倒處處展現他平日好客待人殷勤，雖在病榻上仍不失主人風範。後來，大家看到他疲累的神態，乃道珍重相約週六（9/13）再來看他。握別之際，他拉著我手神情黯然的說：抱歉啦，我不能請你吃飯了！此情此景聞之令人心酸。

九月十三日週六上午，淵民和我再度去看望金陵，見他病榻上呼吸益加急促，也沒有精神和我們對話了，是時有當地報社社長及記者等探視，我和淵民默默無言陪侍，不久即赴海軍聯誼會會場，與同學故舊見面，草草結束，即打道南加州，當日午夜淵民即接獲金大嫂電話告知，金陵已安詳地走了，這是意料中的消息，也是令人不捨的結局。

我和金陵認識該回溯到半個多世紀前，同時考入海軍軍官學校接受養成教育，在那個青澀年代，他給我的印象是出身名校，長得眉清目秀，身材頎長似玉樹臨風，瀟灑豪邁玩得好一手哈林式籃球，爾後聘洋教練率學弟們組成美式足球隊，兼任隊長，風頭之健無人出其右。他與李淵民、宮天寧號稱三劍客，一同讀書，結夥玩耍，因宮天寧妹妹而認識雷美琳，俊男美女交往三部曲，開花結果當然是有情人終成眷屬。雷美琳乃民主人權先行者——雷震先生之掌上明珠也，他們的婚姻在那個以鞏固領導中心為主軸的年代裡，政治背景不見容於當道的，金陵官拜上尉即被逼提前退伍，這是件嚴重的事件，但是危機即是轉機，金陵脫離僵化不自由的軍旅，回到限制較少的民間社會，反而有更寬廣的空間，發揮他與生俱來的特質；他聰明豪邁，強聞博記，具親和力，好交朋友，他的一生看似遊戲人間，實則完成了許多不是一般人做得到的事功。依我的瞭解擇要陳述：

眾所皆知，雷震先生係中外著名的人權鬥士，終其一生為爭取言論自由，追求民主政治，率先提議組織反對黨，因而不為當道者所容，身陷囹圄，獄中所著百萬字之回憶錄鉅作皆一併遭焚毀，雷美琳感念父親繫獄之不平冤曲與屈辱，曾窮二十五年歲月，向政府訴願要求平反，此其間多少艱難歲月，金陵從未缺席，力挺愛妻聯袂奮鬥，終抵於政府道歉認錯，冤獄得以平反。在這段歲月裡，金陵默默地亦從事整理他岳父的文稿工作，他曾自詡是「雷氏學說的專家」，一點也不為過，在二〇〇三年出版了《新黨運動黑皮書》及《雷震家書》兩冊鉅著，整理百萬字的文稿是件既繁瑣又艱鉅的工作，《黑皮書》的序言由金陵親自操刀，文情並茂，詞藻華麗，令我驚艷，這是他不太為人所知的面向。

金陵好交朋友，也有朋友緣，交往層面之廣，上至公卿下至販夫走卒都有，他記憶力特好，凡是和他打過交道的，從來不會忘記，即使三五年後舊事重提，他仍能將人時地物清楚還原，因此他的親和力不會因時日沖淡，反而更能增進彼此的情誼，他一家移民北加州三十餘年，深切體會華人是弱勢乃導因於不團結，因此他倡導組織「歌友會」，被選為首屆創會會長，鼎盛時期有會員四百餘人，該會宗旨不但是以歌會友，同時做些救急濟貧的工作，在僑界講起「金大哥」幾乎無人不知，有什麼糾紛誤會，但憑金大哥一句話，沒有不能解決的事情。另外，他也致力於海軍聯誼會的工作，該會係移民於北加州的海軍退伍同袍所組成的聯誼組織，近年來，歌友會發展已有一套固定模式，會長也有制度傳承，金陵得將精力放在海軍聯誼會的會務上，他的熱心奉獻，深得旅居海外的退伍袍澤所擁戴。

記得在台灣舉行的追思彌撒中，他的長子幼陵世兄曾經稱道他的父親是一位有不平凡成就的平凡人。這真是金陵最中肯的註腳。

敬書2008歲末

那株英挺尊嚴的大王椰

黃文雄

去年（二〇〇八）中秋節過後，「公益信託雷震民主人權基金」的同事來電，說金陵去世了。那天各種社會運動的會議碰巧特別多，只記得半個下午和晚上，人都有點恍惚。會議之間，抽空打了電話給美琳，幾次都是忙線。又打給也住灣區的妹妹和妹婿，沒找到人。直到夜深回家，沖了澡，躺在沙發上。精神一振，感覺的門戶也洞開了，腦中不斷閃過金陵尖瘦的臉孔和瘦長的身影。其中一個因為是我絕對不可能看過的，所以記得最清楚：一身雪白的制服、佩劍，在南台灣的藍天下，英挺得像一株大王椰：擔任海軍儀隊隊長的金陵。

我知道我不只在悼念一個朋友和信託基金的同事，也在回憶一個歷史時代。那段歷史影響我們各自的一生，最後——幾十年後——又把我們帶在一起，成為同事和朋友。而雷震先生正是後者這個聯結的關鍵。

我們現在都叫那段歷史威權（authoritarian）時期：一人獨裁加上一黨專政，控制了政府從行政到立法和司法的所有部門。其實反共的蔣介石和國民黨還以敵為師，「整體主義」（totalitarian）式的滲透民間、社會，甚至人民的日常與私人生活；並施以嚴密的監控（包括促使人民參與監控，例如出入境、公職任用、就學、嫌犯無罪開釋等等都須有保人的「政治做保」，遑論各種檢舉獎金）。即使之前國民黨治下的中國大陸，也不曾遭受如此嚴密高壓的統治。知識、資訊與國民旅遊上的鎖國，軍警情特的龐大力量，加上對教育和文化的控制操縱，使人民難以想像在現狀之外還有其他的可能，大多數人民也逐漸被迫自我調適，甚至久而久之，習以為常。

在那個時代，雷震先生所主持的《自由中國》雜誌，可以說是滿天烏雲中的一絲光芒。最初因為被視為可以爭取美國支持的「民主櫥窗」而被容忍，後半段則全靠雷先生和雜誌作者群的無畏堅持，直到一九六〇年雷先生被羅織而入獄為止。即使《紐約時報》等國際媒體都以之為頭條，《時代》雜誌集團的Henry Luce個人也出頭仗義直言，蔣介石還是親自下手令，命令刑期不得少於十年，而且不得假釋，可見國民黨對雷先生的痛恨之深。因為透過批評時政和介紹知識，雷先生和《自由中國》告訴了人民：現狀並不是鐵打石刻的唯一可能，也並非沒有超脫之道；不但公開的這樣進行了十年，而且付諸實踐，籌組反對黨。對當時的統治者而言，還有甚麼比這更無可寬恕的顛覆大罪？

在這樣的一個時代，金陵顯然是「調適不良」的國民之一。身為海軍軍官，身處政戰人員監視下的軍中，不可能不知道追求雷先生女兒的可能後果。等到申請和美琳結婚被勸止被駁回，後果更是可以預見；但他仍然勇往直前，不但被記過，也從此斷送了在軍中的大好前程。這顯然不是愛情的力量所能完全解釋。和愛情結合在一起的，必然還有他堅持個人尊嚴的骨氣和勇氣。然而在當時盛行的成文或非成文的政治連坐法下，離開海軍並不是唯一的懲罰，金陵離開後的前程更是另一種困難重重。要不是貴人相助，他那能和美琳舉家移民美國，培養出那麼出色的兒女？

我當時也是一個「適應不良」者。讀過三家初中兩家高中，固然有青春反叛期的因素，但政治成份也不請自來：初中就被抓被關的同學，無辜被拘禁數次的老師，自己對制式教育的極度厭惡。恐懼夾雜困惑、夾雜憤怒所造成的是不知其所以的焦躁。然後在高一時第一次看到《自由中國》，該期（第七卷第七期）的社論「談做保」，批評入學學生必須填交保證書，一份留學校，一份送警察機關，心中若有所悟，從此變成忠實讀者。若不是雷先生和《自由中國》的政治啟蒙和教育，我不會到台北讀大學時刻意在國際學舍結交外國朋友；如饑如渴的尋求不准進口的書籍知識，後來並留學美國，加入海外民主運動，導致自己三十二年不能回國，家人也受盡騷擾，十數年不能出國。而我回國後一直從事人權運動，回想起來，《自由中國》（尤其是其作者群中的張佛泉先生）的啟發，也扮演了相當的角色。

雷震先生在我們的人生軌跡上扮演了這樣的「轉轍器」的角色，所以二〇〇〇年在我擔任過兩任會長的「台灣人權促進會」第一次和金陵與美琳見面的時候，就有看到親人的感覺，就像後來搬到灣區的妹妹、妹婿也很快就和他們親近一樣。那次見面，是為了由台權會組織律師團，追究雷震先生的回憶錄被惡意扣留又被惡意燒毀的責任。這件事後來導致「公益信託雷震民主人權基金」的設立。我加入基金諮詢委員會（美琳也是委員），金陵是監察人。人生真是奇妙，因為雷先生的關係，我們竟然在幾十年後成為同事。

因為基金的設立，每隔一段時間，金陵和美琳都會回台灣參加會議和其他活動，我對金陵也有進一步的認識。在會議中他說話不多，但每次發言，都能直指問題的核心關鍵，是一個完美的監察人（我曾經不只一次在會議中揣想，他如果還在海軍，他將是如何出色的一位將領），而他和美琳間無微不至的互相關愛，也讓同事非常感動。去年（二〇〇八）十一月，基金舉辦「第一屆雷震年度紀念講座」，我們特地請到法學和正義理論大師Ronald Dworkin來台，講座非常成功。我跟Dworkin教授說，這兩場完美的演講只有一項缺憾，因為有一個人沒能出席。我指的當然就是剛去世三個月的金陵。告訴Dworkin教授誰是金陵的時候，聲音不由自主的有些異樣，我才知道自己想念這位兄弟的程度，比意識自己知道的還深。

雷震先生不只是一個歷史人物，也不只是金陵的岳父和美琳的父親而已。雷先生和《自由中國》所留下的有關人權、民主和法治遺產，後來成為台灣民主化在思想和實踐上不可或缺的資源，也因此成為當前現在進行式的歷史的一部份。但我們顯然還可以把這筆遺產讓更多國人瞭解，在這筆遺產所鋪下的道路上走得更遠。金陵，我們知道這是你生前念念在茲的遺願，我們會努力實現它，一一向你的在天之靈回報。

雖然最後幾年，你因病而過於清瘦，而且必須拄杖而行；但在我們心中，你一直是——也將永遠是——熱帶藍天下的那株英挺尊嚴的大王椰。

南灣歌友會創辦人、北加州海軍聯誼會發起人

金陵食道癌病逝享年七十五歲

黃美惠

南灣歌友會的創辦人、中華民國北加州海軍聯誼會發起人金陵沒有能看到今年中秋月圓，他在十三日的深夜十一時五十九分病逝聖荷西家中，享年七十五歲。

金陵是台灣早年民主運動先驅雷震的女婿，和妻子雷美琳近年來奔走雷震紀念基金會不遺餘力，二〇〇六年三月，雷震基金會終於在台灣成立，金陵回來灣區之後立即住院開刀，醫治食道癌，他的身體原本很好，近兩年為癌病所困，日見耗弱。

中秋節前，雷美琳把金陵移回家中安寧照護，週六晚上她心中知道四十七載夫妻、五十多年情緣將近，對金陵說：「你安心走吧，我會堅強過下去，你先到天家等我。」雷美琳說，已痛苦難以言語的金陵用盡力氣大聲說了「好！」

接著進入彌留，終於在十一時五十九分安息。金家二子一女，幼陵、少陵和曉文都哀傷與父訣別。雷美琳說，告別式細節猶待商定，她會將金陵遺體火化後安置在巴洛阿圖的Gunn高中對面墓園，並將延請台灣媒體人向陽替金陵著書紀念。

金陵少有報國之志，高中讀的是台北最好的建國中學，放著台大不讀，考進海軍官校。但因著雷震，前途受影響。一九六二年他娶雷美琳，事先曾申請結婚並未獲准，但還是決定結了。當時

的記者于衡一篇〈雷震獄中嫁女〉見報後，金陵被處分記大過。

金陵官校出身，但是當到上尉就退伍，後來他在名片上印了「斷刀上尉」四字自況。金陵、雷美琳在台灣找事工作都不順，想要出國有關機構也不批。雷震在一九七〇年出獄了，再過幾年，雷震透過一位居中傳話的監察委員去找蔣經國，請求讓他的女兒和女婿離開台灣。金陵和雷美琳終於在一九七四年來美，先到洛杉磯，之後安頓在灣區。

兩人開過餐館「美而廉」，愛唱歌的灣區人經常聚集，承接了更早時桑尼維爾「竹園」餐館大夥唱歌的熱情。後來金陵就成立了南灣歌友會，馬上都要十九屆了。一九九四年，雷美琳出了一場大車禍，視力大損，整理雷震史料、奔忙基金會的事，由金陵概括承受，金陵天生有服務精神，為岳家事盡心力。四年前，他更籌組中華民國北加州海軍聯誼會，大家夥定期聚會，談現在，憶從前。金陵在灣區有很多朋友，都是用心換來的友情。

食道癌開刀兩年來，雷美琳說，一輩子不吵架的夫妻，都吵在這兩年，因為金陵不肯吃東西。直到近前，他們才知那次手術，導致食道上縮，把胃也拉上來，一吃就痛苦非常，病人和家屬都不知原因，受了兩年多的罪，到後來，一百二十五磅的身子瘦成八十多磅，肺也弱得撐不開，無法呼吸。

雷震基金會原打算今年十一月延請國際知名學者演講雷震的歷史定位，金陵和雷美琳都很期待，他們原想能慶五十年金婚的，沒想到秋葉飄零之初，金陵就走了，一輪明月當空，雷美琳心裡有說不出的痛。

我與雷美琳

湛祥奇

二〇〇九年三月七日上午，我冒雨到台北市金華街政治大學公企中心，出席「紀念雷震逝世三十週年暨雷震、反對黨與社會運動研討會」。在會場見到了老同學雷美琳，她是雷伯伯生前最疼愛的女兒。

這幾年來，美琳和她夫婿金陵為了籌備成立「公益信託雷震民主人權基金」，常奔波於台灣和美國兩地，且來去匆匆，但不論他倆再怎麼煩忙、辛苦，他倆總會以電話和我聯絡，我便通知在台北的幾位老同學如周如愛、于明吾、劉靜勤等，大夥在一起歡聚一番。

說來話長，我和美琳已是五十餘年的老友，記得民國四十一年，我倆在新店文山中學初中同班相識。我個性外向，且有點粗豪，而美琳則人如其名，天生一副秀美模樣，在我心目中，她永遠是那麼溫柔、穩重，對同學能包容，肯吃虧，做事熱心又任勞任怨，因此大家公推她擔任班長，她也樂意為我們服務。

三年同窗已成為推心置腹莫逆之交的知己好友。記得在那段無憂無愁的中學時代，一般人民生活均頗清苦，美琳的家就在學校校舍下方不遠處，於是放學後，我便被她常邀至她家玩耍、聊天，她家泡菜罈裡的酸泡菜常成為我最喜愛吃的零食。學校附近碧潭也是美琳和我很愛去遊玩的地方，我力氣大，每次坐小船，她是客人我當船夫，兩人在一塊兒總有說不完的話。

在我記憶中，美琳媽媽雷伯母亦是雍容華貴，慈祥和靄，我很喜歡親近她。每次去美琳家，雷伯母都會找出點零食給我吃。

至於雷伯伯總令我感覺非常忙碌，似乎難得看到，偶爾發現雷伯伯在家時，他還會抽空出現在我們面前，關心我們的學業，問問在學校讀書的情形，每次都諄諄告訴我們，希望我們要好好用功讀書，將來才有光明前程。雷伯伯給我的印象是高大英挺，文質彬彬學問淵博，並特別重視孩子們讀書求知識是否勤奮。

文山中學三年轉眼便在驪歌聲中彼此揮別，儘管依依不捨，但因相互孕育出深厚的友誼，此後雖各奔東西，卻能經常相聚。

不料民國四十九年，雷伯伯因籌組反對黨而遭逮捕入獄，雷家受此重大打擊，美琳內心的悲痛，難以形容，身為好友，我便常去安慰她。還記得那時她已在彰化銀行任職，就在她心情最壞時，適有一同學急需一筆金錢，乃找到美琳，她竟二話不說慨然答應，不料後來這筆錢一直沒有歸還，當時我正為此替她著急，她反怕我為她著急而表示算了，不要再提了。這事我至今依舊記憶猶新。

由於雷家突然遇到晴天霹靂的變故，給美琳承受的打擊太大了，特別是她的夫婿金陵那時任海軍軍官，正值前途似錦。為了和美琳結婚，亦遭逢排山倒海層層打擊，最後不惜離開軍職，終於與美琳結婚。唯婚後金陵工作屢受打擊，只好出國謀發展，夫妻倆乃雙雙出國。故我們有好多年沒有見面，直到他倆這幾年回台為雷伯伯文稿出書，並為設立基金會奔忙，我們才又不時相聚，看見老友海外事業順遂，夫妻恩愛兒子們均教育成人，成家立業，雷伯伯生前遺志得以實現，地下有知必可安心了。

就在美琳和金陵把雷伯伯身後諸事妥善辦完時，不想金陵積勞成疾，藥石無效，去年在美去世，美琳含哀辦畢喪事，又忍痛返台主持既定的「紀念雷震逝世三十週年暨雷震、反對黨與社會運動研討會」，受到台灣社會極大的重視與回響，為台灣未來在野黨指出一條正正當當，依法當認監督執政黨的正確道路。

在會場上，看著美琳數年前在美國發生車禍受傷未癒的臉龐，卻仍掩不住她嫻淑溫婉，充溢著對國家社會的大愛的美。美琳！我以有妳這樣的朋友為榮。

金陵——金大哥

裘蕾蕾

金大哥是美國北加州南灣歌友會的創會會長。英俊挺拔，為人義氣也熱心豪邁。唱起歌來也像他的個性爽朗有氣魄。人緣之好，人脈之廣，在灣區也少有人可以相比擬的。

對夫人——金大嫂（雷美琳大姐）的深厚情感，更是朋友之間非常羨慕也廣為傳頌的。尤其在大嫂數年前遭受嚴重的車禍，肇事者逃逸，大嫂臉部幾近全毀，在往後的幾年當中，金大哥總是悉心呵護，遍訪名醫，一次又一次的進出醫院，加上無數的大小中手術，終至現在的康復，是大哥的努力，也是大嫂的福氣，鶼鰈情深更讓我們周遭的朋友羨慕不已。

我一向喜歡哼哼唱唱，早期歌友會是在竹園餐廳每個月聚會一次，後來聚會改在他自己開的美而廉餐廳，充其量，當時我只是一名熱衷參與聚會的歌友而已，和金大哥互動的機會並不多，可是就在日後卻感受到他像大哥哥一樣關心我的溫情。

那是在我離婚之後，租房自住，無巧不巧，就在金大哥府上附近……金大哥夫婦聽說了，就常要邀我有空就過去坐坐，有一次夫婦倆甚至散步過來要看我，可惜我不在家，沒有碰上，但在事後聽說了，溫暖之情深深的烙印而永銘於我心。

後來大哥生病了，起初還常參加活動，後來漸漸少了。我們三兩個好友，這時候經常去陪陪他打打麻將以暫時忘掉病痛。打麻將時，大哥不改豪邁的個性，不要的牌就丟，喜歡作大牌，到後期雖然體弱無法久坐，可是思緒明明白白絲毫不含糊，和大哥打牌實在是挑戰性很高、樂趣很多。

現在，於懷念大哥的同時，也祝福大嫂，讓一切美好的過去永遠陪伴著您……

心靈的相遇——懷念金陵大哥

楊啟航

好友本地《世界日報》採訪主任黃美惠急電告知金陵大哥病危，已由醫院轉回家中，當時我正在整理行裝，準備次日赴華府參加會議。心中一沉，知道將是最後一面。立刻與美惠約好時間同赴金府，心中更惦記著美琳姊的情形。永遠難忘那天是中秋前夕，帶了一盒月餅到金府。悄悄地放下餅盒，隨同美琳姊到客廳，看到金大哥特別消瘦的身影，躺在床上，已不能言語，而且必須含冰塊止痛，握著我的手仍然溫暖有力，此時只能進行無言的對話。原來最後一面是這麼地無言、無助與難捨。停留不久後，默默地與美惠一同走出金府，在玄關與美琳姊擁別，美琳姊靠在我身上輕輕地說了一句：「我好捨不得啊！」我心裡一震，相識相交只有五、六年的我就已經如此不捨，美琳姊這句話豈祇刻骨銘心！

二〇〇二年底奉派到舊金山服務，隔年好友王榮文來訪，要我陪他去見金陵大哥及美琳姊，商討遠流出版雷震先生文集之事。懷著對雷震先生無限景仰的興奮之情陪榮文同赴金府，迎面見到開門的金陵大哥神采飛揚，溫暖的接待，有點像久別老友，與美琳姊見面的感覺更是奇特，或許因為我在台灣長期陪同柏楊從事人權活動，由國際特赦組織一路做到人權教育基金會，十多年的人權之旅到這一刻見到人權的良心導師雷震先生長女美琳，竟然好像見到自己的大姊那般親切親近，事後回憶起來，這種感覺不就是與流落在外多年的晴美大姊初次見面的感覺非常神似。

對於雷震先生受迫害，《自由中國》被迫停刊，及在知識份子良心上造成的衝擊，過去稍有涉獵但知之不詳，認識金大哥及雷大姊之後，徹底改變。詳讀金陵大哥送我的《雷震回憶錄之新黨運動黑皮書》及美琳姊送我的《雷震家書》，帶給我的震撼是難用筆墨形容的。前一本書金大哥在〈撫今追昔〉序言中追念雷震先生的坦蕩胸襟，光明磊落的言行，為爭取自由民主的犧牲奉獻，令人動容，這本書的珍貴不在話下，獄中回憶錄被警總銷毀後，雷震先生出獄後能再提筆留下一個迷你版的回憶錄，台灣民主運動史家何幸啊！

至於美琳姊送我的那本《雷震家書》，更讓我珍惜不已，前一本有「橫眉冷對千夫指」般浩然之氣貫穿全文，這本家書則化為鐵漢柔情的萬般叮嚀。或許由於內人家的類似遭遇及長期陪同柏老從事人權運動的耳濡目染，我對家屬的處境尤其有感觸。美琳姊的序〈走過的艱辛歲月〉，道盡家屬所受之煎熬，雷震先生坐了十年黑牢，全家人陪他結結實實的坐了十年精神上的苦牢。這家人為民主運動更承受了數十年的不平待遇。想到這裡，不禁為所有的民主人權鬥士哀鳴不平，苦難如影隨形，竟是通例，哀哉！

從我第一次見到的金陵大哥，到走入歷史的雷震女婿，金大哥的風骨自成一格，我們交往不頻繁，但是心靈非常相通。以金大哥不俗的才情，卻淪為大時代的祭品，是國家社會的損失，做為雷震先生的女婿，他的言行舉止，絕對不負雷家超高的道德標準，與美琳姊的熱情開朗相輝映，真是一對令人景仰的患難夫婦，更是一對可以推心置腹的真情好友，如今上天召回了金大哥，當然令所有朋友痛惜不已。

金大哥，弟在尚未走出送走柏楊的傷痛中又必須面對與您訣別的難捨，情何以堪啊！您一路好走，在天之靈保佑家人及朋友平安，我們永遠懷念您。

給美琳的信

美琳：

非常傷心接到這令人難過的消息。

首先，您一定要節哀，照顧好自己的身體，金大哥是個大好人，一定到了如封面這麼美的地方，留下給我們實在是無盡的思念！

回想起一同在美而廉卡拉OK，金大哥好聽的歌聲，您的一手好廚藝，那時真是快樂。我第一次在陶融家見到你們的樣子是那麼和藹可親，在Tahoe露營，你們夫妻讓出房間給我爸媽睡，真是令人感動，也是我們王家三代今生不會忘記的。謝謝你們在苗媽媽的生日宴會上暢談一番，真的很快樂，金大哥還親自送來二本雷伯伯的大作，都是我美好的回憶。

雖然不常在一起，心靈卻很相通，一直在我心上，我們會永遠懷念他。

Love楊建信、王琦　上

憶金陵

劉麗平

認識金陵大哥是經過陶融的介紹。

那一天的下午，話說回來，那一天已是二十年前了，我在南灣華僑文教服務中心彩排一個九十分鐘的歌唱節目，兩個背著光的黑影走了進來，停在舞台邊指手交談，休息的時候陶融叫住我：「劉麗平，來，給你介紹一個人，金陵，報社撰稿人，你們什麼時候演出，他可以寫一篇報導。」我鞠了一個躬：「謝謝金大哥。」

在這之前，南灣的竹園餐廳老闆從日本拎了一台卡拉OK機回來，也是卡拉OK開始在灣區流行的時候，每個週五陶融就約了二桌人馬在竹園唱歌兼吃宵夜，每次也都會遇到金大哥大嫂，觀看竹園的座上客們的互動，知道金陵是受大夥喜愛的。

此後每個星期五不眠夜都會在竹園碰到金大哥夫婦。有一天王正之說：「我們這些愛唱的人，每週末都聚在竹園，其實是有一股力量的，我們能為僑胞做些什麼呢？這樣唱歌更有意義。」「眼下就有一件社區服務的事需要支持，大家願意，可以坐下來談。」我說。於是這個為三藩市博愛文化服務中心的籌款工作在大夥的齊心協力下開始展開，但是我們這一群人沒有一個組織名稱，如何為籌款工作做宣傳？於是「南灣歌友會」誕生了，金陵被公推為創會會長，那是在一九九〇年夏天的竹園。

在金大哥的帶領下，一場成功的籌款晚會讓「南灣歌友會」每個會員為自己能盡一份心力而感到自豪，繼而會關心灣區每一個需要幫助的社團。接著，在金大哥任內，以大家的力量幫助隋景祿順利當選Cupertino學區委員，以大家的力量聯合灣區餐飲業為大陸水患籌款，這些活動多半是金大哥和我互相協調，互相分工，他負責南灣，我責責中半島區和北灣的聯繫工作。我們這些移民美國的中國人，生活模式大部分已融入美國社會，和我們曾經熟識的台灣生活相去甚遠，偶爾是會有些寂寞，有些失落的，因此各種社團組織相應而生，各個不同類型的領導人物也突顯而出，在每人各有一片天，誰都不服誰的群體裡，毫無疑問的，金陵大哥是有信服力的，一個磊落的個性，對人、事、物的熱誠，加上當年海軍官校儀隊的英挺身材，讓大家都樂於與他為伍。

在忙忙碌碌的日子裡，有誰能真心傾聽你的心聲，有誰能在一段時間裡給你一個關心的電話？是他，金陵，他永遠把你放在心裡。

寫於美國北加州中半島

何使從軍志不酬

劉若鐸

金陵與我是海軍官校四十六年班的同學。

海軍於民國四十二年七月招考海軍軍官、輪機兩校學生。當時三軍軍官養成教育，唯海軍官校是四年制（航輪兼修），畢業後並獲教育部頒發理學士，頗為有志從軍青年學子嚮往。當年尚無大學聯考制度，其時，僅有的幾所院校：台大、師大、台中農學院、台南工學院均在七月份別招生，海軍選在七月招生並放榜，是在考驗報考者從軍的決心。金陵和建國中學十數名應屆畢業同學毅然選擇海軍官校。金陵從軍，尤得父親金成前將軍的鼓勵。金將軍是黃埔六期，對日戰爭時，右腿負傷成殘，以獨腿將軍著稱。金陵從軍，懷抱繼承父志之使命感。

金陵性情瀟灑，與人和悅，樂於助人，更有刻苦耐勞的潛能。入伍訓練是軍官養成訓練的重要階段，在嚴格的操作訓練中使之「勞其筋骨，餓其體膚，空乏其身，行弗亂其所為」，從而養成軍人的體魄和精神。我們的入伍訓練是以馬公測天島的一所廢置倉庫為營房，自力開拓操練營地，時當澎湖風季，在海軍陸戰隊教育幹部嚴格訓練之下完成。金陵在嚴格的訓練中經得起考驗，表現優異。入伍訓練完成後，金陵有著英挺的軍人氣概，堅毅果敢的氣質取代了原先的瀟脫不羈。

在海軍官校四年期間，金陵的學術體能均衡發展，課後，金陵還投入體能耐力的鍛鍊。他參加武裝游泳、武裝競跑、橄欖球隊，皆是考驗體力和耐力的運動。金陵是籃球班隊、校隊，他曾經在劉景琨（體育教官，民國三十六年全國運動會一萬公尺冠軍）調教下，參加國軍運動會一千六百公尺武裝賽跑。金陵注重儀表，軍服必修改得十分合身，他是國慶閱兵的排面人物，四年級時，是護旗隊員。他的歌聲舞步，也相當出色。我們在校四年，暑期應用所學，隨艦實習操作，同時考驗耐航耐波的能力，海上生活有其挑戰性，金陵一本初衷，不減海軍志趣。

海軍官校四十六年班於四十七年元月二十五日畢業，分發艦隊見習期滿，隨之任初級軍官職務。不數月，共軍發動金門炮戰，台海戰起，金陵時任中型登陸艦美亨艦航海員，對金門運兵，運補任務頻繁，在金門外海，料羅灘頭，多次遭遇共軍魚雷快艇襲擾，及岸砲攻擊，金陵有數月之戰場經歷，獲得功獎。爾後，金陵相繼輪調永壽艦槍砲官、海軍士官學校隊職、海軍儀隊區隊長，此期間，他與雷美琳相識相戀。美琳尊翁雷震先生，大陸時期，曾任政治協商會議副秘書長、國民參政會議副秘書長、制憲國民代表大會副秘書長。來台後，雷震先生負責發行《自由中國》雜誌（1949-1960，胡適為名譽發行人，滯美）。《自由中國》雜誌早期係以「擁蔣反共」立論，後期政論則為「民主反共」，倡議籌組反對黨以落實民主政治，廣開言論自由，對反攻大陸國策持悲觀論調，影響輿論，為當局所忌，雷震先生因而獲罪繫獄。金陵與雷震之女交往，受軍中政戰部門關切。當時，軍官結婚得申請批准，金陵提出申請後，久未獲得批准，令金陵苦惱、反感，他對自己的忠黨愛國遭受質疑感到委屈，但是，他不是盲目屈從之人，婚姻大事操之在己，乃天經地義的事，豈容無端干擾，於是，金陵與美琳在徵得雙方家長同意後，逕行結婚。

金雷聯姻次日，報上刊出「雷震獄中嫁女」，這應屬佳話，金陵卻因私自結婚被處以兩大過、不發眷糧，後來，又以安全防範為由，將他調離海軍儀隊上尉區隊長現職，形同逼退，令他竟志海軍的願望破滅，他退役後的就業，亦因而不順。

雷震鼓勵他們移民美國，開拓新生活。移民出境，亦賴老丈人的關係得美國大使館通融，及排除有關單位之留難，為避免夜長夢多，美琳攜三個稚齡子女先行，隨後金陵亦得成行。好在他們夫妻尚在盛年，他們先在洛杉磯安頓，後遷往舊金山發展。金陵曾有一段時間客串記者，後來，他們頂下美而廉餐廳。由於金陵夫婦慷慨好客、急公好義、樂於助人，結交華人社會很多朋友，算得上是灣區聞人。最難得的是他們的三個兒女求學創業，力爭上游，事親至孝，令人稱羨。

金陵畢生未曾忘情海軍，移民美國之後，與同學及海軍舊識多有聯繫，鑑於移居北加州的海軍袍澤漸增，乃訪候海軍先進，籌組北加州海軍聯誼會，經選為會長。由於金陵大力推展，海軍定期聯誼為灣區盛事。二〇〇七年，金陵組團訪問大陸海軍。行前充分準備聯絡，安排妥當。十月上旬，赴台灣先後在台北、高雄參加海軍官校四十六年班畢業五十周年紀念活動，中旬趕赴上海，與北加州海軍聯誼會參訪團會合，赴青島、大連等海軍基地參訪，獲北海艦隊高規格接待，參訪內容豐富，圓滿完成。

金陵的台灣大陸之行，是在食道癌手術後，由美琳隨行照顧，這是他的承諾和責任心使然。事實上，此行對金陵術後初癒的健康情況不利，次年夏秋之際，金陵長期病臥，兩度住院，當他察知醫治罔效，他勇敢面對，並籌備北加州海軍聯誼聚會，期交卸會長。

二〇〇八年九月十三日，聯誼會會員和眷屬在南灣華僑文教中心聚會，這天，金陵已近彌留，猶思參加聚會，家人苦心相勸，最後由美琳代表到會致意。但是，大家只知金陵臥病不克前來聚會，並不知道他已病篤。金陵創辦的南灣歌友會使聚會盡歡，並推選新會長。

當日下午三時，我與妻女在聚會結束後，趕往金府探望，金陵已入彌留，親人都在旁陪伴，次子少陵跪侍床側，不斷撫摸父親的心跳。老同學沒有呻吟，面容安詳，我端起他失溫的手，默禱握別。當晚，金陵在妻子兒女的安慰中應聲離去。

金陵辭世，《世界日報》美西版有大幅報導。九月二十日，金府在當地天主教堂舉行追思彌撒。長子在追思頌詞中，形容父親是「世途瀟灑走一回」，的確，這是金陵一生的寫照。朋友對他的行誼多有感人描述，他的歌友為他唱一曲他最喜歡唱的「一個人」，感人至深。喪事是由北加州海軍聯誼會協助辦理，他的海軍伙伴為他移靈護柩到墓園，金陵可以含笑了！

二〇〇九年元月

我所認識的金陵先生

薛化元

我和金陵先生認識的時間並不長，原本沒有資格在這本文集中寫文章。不過由於雷美琳女士的好意，因此就以我所認識的金陵先生為題，記下我對他的懷念。金陵先生對我而言，原本只是《雷震文集》中常看到的名字。我是透過雷震相關的史料記載，才知道金陵是雷震女兒雷美琳女士的先生，也是透過日記中提到的片斷，知道了金陵先生對雷震先生的尊重與互動。對我而言，此時相對於研究的《自由中國》，金陵先生的名字就像是史料的一部分而已。直到薛欽峰律師與顧立雄律師找我討論被軍方燒毀的雷震回憶錄賠償事情，以及後續公益信託雷震民主人權基金的成立，才使我有機會直接和金陵先生面對面地接觸。

雖然見面的次數不多，但每次金陵先生和雷美琳女士返台，無論是針對辦理的活動，或是公益信託雷震民主人權基金相關事宜的討論，我都可以感受到金陵先生堅毅的一面。對於他認為應該做的、對的事情，他始終積極的處理，就像公益信託雷震民主人權基金尚未正式成立運作，金陵先生便曾經告訴我，他們也準備在美國進行相關的工作。透過這些語言跟行動的互動，可以了解，金陵對他的岳父雷先生的紀念乃至於對他行誼的推廣，有著一份相當熱切的心，並沒有隨著雷震先生過世的時間日漸久遠而隨之轉為淡泊。

實際上，透過金陵先生和雷美琳女士他們年輕時候的愛情故事，也可以了解金陵先生的個性，在那個白色恐怖的時代裡，縱使是直接血濃於水的親戚關係，甚至有跨世代交情的故舊友朋之間，只要有人捲入白色恐怖的案件，親友們往往避之惟恐不及，縱使能偶有往返也不敢有太多牽連。相對的，當金陵先生與雷美琳女士相戀甚至進而論及婚嫁之時，他不僅不畏懼和白色恐怖有所牽連的雷美琳女士繼續交往，而且勇敢地對抗來自上級的命令，毅然選擇和雷美琳女士結婚，甚至最後被迫離開軍中，可是他對此始終不怨、不悔。不僅與雷美琳女士之間的愛情多年不變，他對於雷震先生相關資料的蒐集、整理，以及追求對雷震先生的平反，追尋轉型正義的意志也未曾改變。

就個人所知有限的金陵先生，他在當時的表現，我覺得與殷海光、夏道平、宋文明先生在雷震案發生之後，於報刊雜誌發表的公開聲明，可以說是相互呼應。他們要求當權者注意雷先生因為言論賈禍的言論，有許多都是他們寫的，他們願意共同承擔責任。這種堅持理想、甚至不怕「引禍上身」的行徑，當然值得欽佩。但金陵先生忠於感情，不惜面對白色恐怖的壓力，也令人佩服。金陵先生來不及看到他所要完成的所有事情，就離開我們走了，但他所留下的是如何繼續追求轉型正義的理想，這也是我們應該努力的目標。

記一位令人敬重的謙謙長者

薛欽峰

我在二〇〇二年初開始，因承辦雷震獄中回憶錄遭國防部新店軍人監獄燒燬案，在因緣際會下，認識了雷震先生的女兒雷美琳大姐及女婿金陵先生。

雷震先生其人及事蹟迄今仍為國內各界所敬仰，當時他是在一九六〇年代因《自由中國》雜誌事件及因結合台灣本土人士，希望組織中國民主黨而不見容於戒嚴時期的國民黨當局，致惹禍受冤於一九六〇年起入獄十年。出獄之後迄其去世仍受情治單位監控，甚至他在入獄十年間所完成之手稿，先是在一九六〇年出獄時遭新店軍監查扣移送警總保管經年，竟在一九八八年四月間，也就是雷震先生過世多年後（已是在解嚴之後），因監察院開始決議調查雷案及手稿事宜而遭所謂銷毀。這樣的情況，從法律及人權的層面來說，是令人相當錯愕的。

在回憶錄銷毀不久（也就是一九八八年同年）家屬就已曾經委請陳水扁、謝長廷及周弘憲律師進行國家賠償之程序，但並未竟功。為了追查該回憶錄是否真的銷毀及追究責任，之前多年來家屬們多方努力，直到二〇〇〇年政黨輪替後開始有了眉目。當時政府除了重金懸賞外，亦清查所有檔卷，雖將部分原稿之照片檔案尋得，但終究無法尋得全部原稿。在雷震原稿遺產已難以尋獲下，家屬們開始思考是否應再依國家賠償之方向向政府及相關人員依法追究責任，以還原事實真相。

此時，台灣人權促進會決定全力協助家屬追查及求償之工作，於是就授命我組織了諸多法律專家，如顧立雄律師、丁中原律師、林峯正律師、邱詩茜律師、陳國華律師、劉靜宜、廖福特教授及黃文雄、薛化元教授等人權歷史之專家參與的團體，共同為此事件而努力。

事實上，本案因歷史事實及法律程序頗為複雜，而且時過境遷多年，並不易處理。但在各位專家多次開會蒐集資料及明查暗訪的努力下，我們確已經備齊相關資料，完成了國賠程序的起訴準備工作，已做好希在法院求一公道的打算，當時眾人所討論以雷震之人及其事蹟，而其所親書的四百萬字的回憶錄手稿，更是中國及台灣近代史中極重要之史料，並評估相類版稅收入、智慧財產權及家屬們所受非財產上的損害賠償等因素，預估將可向政府求償約新台幣三億元。而家屬們也多願同意將此求償所得全數捐充作公益之用。尤其是雷美琳大姐及金陵先生等家屬無私的堅持，更令我印象深刻。

初次與雷大姐及金先生相見的時候，金先生嚴謹、優雅、高挺又不失幽默的一派名士風流，讓我相當欽羨。我年紀和他們相差三十餘歲，連他們最小公子年紀都比我年長，因此我是以對父執輩的敬慎態度和他們聯絡交往。而且，因金先生與雷大姐長年旅居美國，見面次數實在不多，但每次越洋電話的連繫，因為時差，均是他們深夜主動配合我們台灣上班的作息，每次接起電話，就聽到金先生一再告訴我希望不會打擾到我上班工作時間，這樣對晚輩的關切，實在貼心。因此，雖然每一年間或許至多只有幾次的見面，久而久之對於不善與長輩交往的我，因他們親切的態度，也漸漸的能自然的和金先生與雷大姐無所不談。

時局變化得很快，我們原本已準備提出國賠訴訟，但卻因法律技術等層面上的一些考量，進度有所遲緩。但於二〇〇五年起，政府（尤其是總統府）方面開始有了較具體善意的回應，金先生與雷大姐也一再向政府部門表達他們堅定的立場，在經過諸位熱心人士多方交涉及協調後，家屬與政府終達成共識，除了政府將由總統代表正式向雷震後人及社會公開道歉外，也希望成立一個紀念雷震先生的公益組織，為讓雷震先生捍衛民主人權的精神理念能繼續深植台灣社會，於是「公益信託雷震民主人權基金」於二〇〇六年三月七日這天，也就是雷震先生過世而值得追思紀念的日子，就此誕生。

做為一個律師，原本認為在這幾年的努力後，受任事情已告段落。但沒想到金先生及雷大姐竟一再要求我繼續擔任基金諮詢委員的工作，因我自認才學不足一再懇辭，然而仍拗不過他們的熱情邀請，也只得再勉力學習為之。

雖然有時我偶看到金先生、雷大姐因意見不同而拌嘴，但那是一種鶼鰈情深，且互信無疑的表現，而且多半時金先生最後總是禮讓美琳小姐。雷大姐為其父雷震一生奔波，父女情深，而我猜金先生除了是為岳丈雷震先生而仗義平反外，更應該是對雷大姐無限深情付出的反應吧。

金先生曾驕傲的對我笑稱，他是終身海軍的「斷刀上尉」，我當時不解地問他為何要稱自己為「斷刀上尉」？他說，他一直以海軍官校畢業為榮，而他的學長、學弟亦已曾擔任國防部長及其他重要軍職，一副驕傲的表情。不過，如此優秀自信的軍人為何會半途退伍而未能繼續深造高就？金陵先生此時就顯出一絲落寞的神情，並說當時必須退伍的原因，正是因與雷震的女兒，就是雷美琳大姐交往並論及婚嫁，因雷案的影響，金先生諸多的長官及親友均一再勸誡阻止，但金先生卻仍然不為所動，而執著與雷美琳大姐的真情，在當時大環境的壓迫下，除不得不卸下軍裝，更必須與雷大姐遠走他鄉，這樣的真性情及無畏付出，又讓人無限神往，也令人對舊時代對人性自由扭曲的環境不勝唏噓，更一再暗自警惕我們這些幸運的後輩，不能再讓這樣的時代悲劇再度上演。

公益信託雷震民主人權基金自二〇〇六年成立後，因為結合了諸多頗具聲望的人士，並因為雷震先生的傳奇名聲，確實開始舉辦了諸多公益活動，如持續頒發民主人權獎學金、雷震講座（如二〇〇八年度邀請法哲學方面的德沃金大師來台演講），並支援各類民主人權活動，已在社會受到矚目並建立一定程度的影響力。而金先生、雷大姐二位家屬亦並不是只形式參與，更是多次不辭辛勞奔波親自回台參與規劃及執行，對二位年長者實在是不輕的負擔，但他們仍堅持做好每項工作。

天不如人願，突然在一年多前，金先生的身體日益消瘦，每次看到都覺得令人有點擔心，據說好像是得了癌症，但他仍提起精神樂觀如常回國出席基金所辦的各項活動，而我聽雷大姐說已在美國做了相關化學治療，且精神上亦有回復奕奕風采之情況，本以為應已吉人天相，遠離病魔糾纏。不料，在約半年時間都沒與金先生聯繫後，突然接到在基金工作的柏瑋來電告知金陵先生已走了，當下我感到十分震驚就馬上連絡雷大姐，電話那頭只聽到雷大姐不斷啜泣，一再對我說金先生和父親是她生命中最重要的二個男人，又一再懷念、憶及夫婦二人過往一切，我心酸不已，卻又不知如何安慰。其實，如有得金先生般良人卻突然分離，任一人恐均難忍心痛，更何況他們又共度如此不平凡的一生呢！放下電話，我情緒仍久久不能平復，不過，我想像金先生這樣的謙謙君子，必會得到上帝的庇寵，而會不時在天照料著雷大姐及其家人，也會時時關心這個由他所全力付出所成立的公益團體吧！

這幾年，因處理雷震案，一個原本無緣接觸舊時代傳奇人物事件的年輕律師有幸與該歷史有了奇妙連結。但更重要的是讓我親眼看到如金陵先生般的風骨及處世態度。時序很快，離金先生過世已約半載，現在我又看到雷大姐為雷震民主人權志念奔走的身影，雖然少了原本如影隨形鶼鰈情深的金陵先生身影，但我卻看到此時的雷大姐不僅承其父志，更同得其夫志，而更堅強。我想，或者金先生也在天上微笑著要我們更加油、努力吧！

2009.3.16于台北

金陵與我

羅志杰

金陵與我都是「污點軍官」。什麼叫「污點軍官」？就是個人在政戰的資料中有污點，這污點不問情由，一旦記上永遠也洗不清，而且不能升官，不能擔任主管，只能做點參謀的事，換句話說，一旦記上，在軍中不管你多能幹多努力，都不可能有前途，這就是軍中的政工制度。巧的是金陵與我沾上污點的原因相同，都是為了與相愛的人結婚，他是娶了雷震的女兒雷美琳，我是因未達結婚年齡而私婚，雖然這二個婚姻斷送了二個年輕軍官，但這二個婚姻也造就了二個幸福的家庭，我們二家的下一代都有相當的成就，真所謂老天不負苦心人，「愛」雖然變為污點，但終也得到回報。

金陵這個人外表瀟灑，為人樂觀好客，因我倆境遇不同，在校時也很少在一起，我們重逢大概在十年前，有一次他夫婦倆由美國回來，邀我在士林一餐館吃飯，那天應邀的還有張大頭與後來鬧得滿城風雨的朱偉岳一對。自那次晚宴之後，金陵夫婦每次回來，必有小聚，他人緣又好，酒量又好，又最怕寂寞，記得有一次金大嫂有事，他一人無聊，約我同張耀燊去明水路住處的會所見面，我帶了瓶酒及自己做的滷菜，三人在地下室，吃吃聊聊，真正不亦樂乎。他也不拘小節，只要和同學在一起，去桃源街吃碗牛肉麵就是一大樂趣，當然我們也去上海鄉村、龍少爺聚聚餐，反正就是大小通吃，興趣不減。直到惡訊傳來，說他在美有一次食不下嚥，吞不下去，經檢查食道裡長了東西，後來開了刀，切除了食道及部分胃。二〇〇六年開刀後第一次回來，大家還不覺得有多嚴重，他自己也很樂觀，吃東西小心一點，少吃一點，仍然是笑口常開，打打牌，唱唱歌，日子也過得很好。後來回來時，人開始瘦了些，精神也比較不好，但對人對事仍是那麼熱心，那時起，我們打牌開始就找五個人，做夢的時候，他就躺下休息，但是牌藝仍然超人一等，心情也不錯。還記得去年二〇〇八年給他做壽，兒子媳婦請了四桌，非常熱鬧，我還帶了我的外孫女玎玎參加，同學坐了一桌，第二桌都是近親朋友，又吃又喝，非常熱烈，但那天「壽星中間坐」一語不發，人有些不適，但他不說，後來加了一坐墊，人才坐穩，金陵就是那麼堅強，怕帶給別人一絲不安，一切都自己承受。後來不久，四十六年班畢業五十週年，他還帶隊回來參加，回美後又帶海軍去大連一趟，二次車船勞頓，人到底不是鐵打的，本來計畫九月還要回台，但是一直未能實現，終成永別，真使人難過。不過想想他這一生，沒有白過，他為雷美琳雖斷送了在海軍發展的機會，但二人終身形影不離，恩愛有加，二人在美安心教養子女，培育下一代，學有所成，孝順父母，人生幸福如此，又有何憾！

善哉！金陵你就安心的去吧！常留在我們心中，現今大嫂要為你出刊，備有你畢生遺照數百幀，我們將見影思人，一幕幕回憶，將常現故人心中，你雖遠去，又有何妨。因你永遠活在我們心中，不就是長生不老嗎？謹借此一角，聊表追思之憶。

附錄——往來書信・金陵作品

金陵給雷美琳的信

琳，今天是六月六日，有人說是斷腸時，於是一向樂觀的我，突然有了一些莫名的感觸，也許這些日子和妳過得太美了，幾乎美得令人懷疑，是真的，以前和別人在一起時，我從未有過這種感覺，這一次我想我也會正如妳說的，是最後一次了，我覺得有過這一段好日子什麼都甘心了，什麼都滿足了，但我現在也有點耽心，什麼都不甘心，什麼都不滿足，如果在我們以後那些日子會有些白雲蒼海，人事滄桑發生的話，我認為我們兩個是應該在一起的，在我們開始以後的這一段日子，妳的感情最單純，一直到現在妳還是的，今天我曾捫心問過自己，我想我也可以告訴妳，我對妳的感情也是單純的，妳對我不知說過多少遍「我愛的是你」「我愛你」「我真正愛的人是你」，但我今天要對妳說一聲「我愛妳」，祇這一句，但祇要妳相信就可以了。而且凡是我跟妳寫的信，或是跟妳說的話，我都希望妳能相信，有時我常喜歡開玩笑逗逗妳，但我希望妳不要介意，因為妳天性厚道，心地善良，每每讓我受到感動和自責，我會常常覺得愛妳不夠，過去，我曾一度嘗試忘掉妳，但已發現來不及和太困難了，妳的每一樣細微的動作，或是輕妙的話語，總繞在我腦子裡，心坎裡，我已不能抹去任何一點，當然妳也知道，我過去交過不少女朋友，每當我認識一個，妳便已曉得了，我長大到現在尚未向任何一個女孩子傾過心，我對交際場合上認識的女孩子從來未抱著什麼美的希望，或是激起一些意念，那些時生

活很枯燥，朋友在一起總是喜歡找個玩伴，所以她們在我印象中，頂多是一個玩伴而已，到現在為止我仍覺得心安，因為我沒有什麼對不起別人的事，在外面，我喜歡用自己的眼睛觀察別人，對於好的我會保留影像，壞的我笑笑就算了，我很難得計較什麼，過去我認識的那些女孩，她們本心都還不壞，祇是都太好玩了，有的甚至染上了俗習的圓滑，所以沒有一個值得我去懷念的，但妳對我很不同，我們間的發展很自然，我們的認識已兩三年了，過去的日子我們彼此都只是曉得對方的普通朋友，我對妳的了解至少是經過將近兩年的觀察吧，但我對妳有了感情卻是近半年的事，至於妳對我什麼時候發生的，我不太清楚，「認識了很久，發生得很突然」，我覺得這話並不能包括所有的事，現在這突然發生的事，竟已演變成最自然而永恒的事了，這在我們一開始，我的確就預料到了，祇因一切來得太快而有所懷疑，想忘掉已來不及，現在妳在我心裡已生了根，假如說妳再對我懷疑將忘掉妳的話，那無寧是說要將妳從我心裡連根拔起，那種痛苦，是我不願也絕對不能忍受的，除非那時我也沒有了。琳，我現在已經全心全意愛妳了，妳還相信我不，無論什麼時候我會想到妳的，我希望妳什麼都好，每天都能愉快，因為祇有在妳有了愉快以後，我才會感到快意，但就為了這，我每天都悶悶不樂，不和妳在一起的時候，我總自問自己能否使妳快樂，能否讓妳一點都不愁，所以，我也知道妳在獨自的時候也不樂的。想到這些，總覺不太舒服，今天是六月六日，人家說是斷腸時，過了今天，我想我會很愉快，我會不再去想那些了，我會勇敢的愉快的過下去，我會照妳以前說的，祇要我們的心團結在一起，共同承愛一切，又有什麼不美，什麼不好的呢？有幾次，我為了這，我都對自己說：「算了！何必自尋煩惱。」回想起來，也就是那幾次，我幾乎就要丟去幸福，到現在我知道，妳真的在愛我，我想我將不會猶豫什麼的，我確信彼此能真心相愛，別無他求，就是最完美的最純粹的愛。琳，我確信妳會安心的等我，我自己要再說一遍「我愛妳」，全心全意的，妳高興嗎？為了我，要。

禮拜三我回台北，大哥來了信，他最近要回來，前些時他活動調陸地，現在已調成了，我想他會近幾天內回來，妳如寫信，那要儘快點寫，否則他又老毛病，不打電話給妳，妳寫信時，假裝不知道他將回來，因為他將很高興看到妳信，一回來就打電話給妳，禮拜三下午七點半鐘在吊橋口等我，不要忘了。

在值日，一切都不太忙，祇是天氣太熱，這附近又沒什麼風景可看，今天，六月六，他們說是斷腸時，我也有點想妳，其實我也願意每天回來看妳，後來我還是覺得節制的好，我不在的時候，妳不要再胡思亂想，這話我希望是我講得太過份了，我願妳很願意聽，至少我是善意的，這裡很好，一切均好，祝妳像六月新娘一樣的快樂。

金陵於6/6斷腸時

美琳如晤：美琳、美琳、美琳、美琳、美琳、美琳、美琳、美琳

幾天來我都在不安與懷念中打發日子，我很難於描述此刻的心情，因我已相信了那是超出妳我想像之外的，我本想不寫給妳任何一句傷感的話，甚至於以它來激起妳的傷感，賺得妳的眼淚，但有些感覺永遠也會制止不住的，我走後，妳的任何一切都使我想念，我的心情也就一直惆悵不已，來此地後尤甚，最近我常眼紅，任何一點小不遂意，都會引起我莫名的情緒，在我被激起的情緒中，似乎揉合傷感與暴躁，這在以前，我知道得很清楚，我從不會有的。有時，我想念妳得無以自解了，我心裡在想，是不感傷在某一時期來說，就是代表了一種充滿呢？我常安慰自己，我也常埋怨上天不賦與我一份麻木的感情，而讓我受到此刻無法解脫的，難以忍受的思念的磨折。美琳，我想妳，沒有停過！做任何事情都會想妳，日子似乎比前次我在馬公更難挨過，我早就想哭了，我一直在忍耐著不使眼淚掉下來，我一向不慣流淚，所以強制自己忍住，結果情形更糟，這事情我也祇告訴妳一個人，這是情人的眼淚，我走後妳一定暗自流了不少淚，我一直感到不安的，便是這個，而且妳知道的，在妳以前，我從不關心任何事，也不像如今這樣關心人，可是自有了妳以後，我自己都覺得溫和了許多，對任何人，對任何事，我都沉靜去對付了，順眼的也好，不順眼的也好，我都笑笑，頂多有時講講就過去了，像如今這種情況下，我那有心情去計較這些凡世間的瑣細呢？目前我所關心的就是妳以及妳的一切，那會比甚麼都覺得重要，這就是我覺得不安的原因，在前兩封信裡，我告訴了妳一些事情，再經過這封信表達我的心意之後，我希望妳能很快的平復過來，並且告訴我妳對我的感覺與信任，好使我安心，雖然我現在自己覺得我沒有什麼使妳不安心的，但我深怕由於我的忠實與坦白的陳述，惹起妳超出想像之外的想像，那就和我的原意正好相反了，所以我祇請妳了解我，而且我也不再解釋了，祇要妳記住，在任何時候，任何地方，我對妳都最忠實、最坦白，而且是屬於妳的，再說小戲早已收場，而且收了效果，那就再也不會演了。來馬公後，我還沒有出去過一次，甚至於連碼頭那邊的郵局我也沒去過，我很少下船，有時就在船旁邊的岸上走走，和同學們聊幾分鐘天，近些日子我連聊天也很少聊了，我變得很懶，懶得多講話，同學也差不多都曉得我的事，都說我變老實了，我笑笑，一股子說不出的甜蜜即刻在我心湖漾起，因此我笑得很純 a certain smile 是為妳的，但往往一笑之後就跟來無限思念，越發的使我想起妳，於是我很少講話了。在左營三天除了崑弟那裡我每天必去坐坐，大哥那裡去了一次，談得很高興，但我值日那天在船上和同學以及崑弟等他，一直沒等著，否則我會愉快起來的，來此地後，雖然同學很多，但跟大哥二哥他們，當然情形又是不同，而且我現在沒有以前那股子勁了，懶得要命，除了跟妳寫信以外，我在南部臨走時買了幾本書，結果動都沒有動，我想我除了寫信以外，也該看點書了。我知道自己改變已不少，而且我還願意改，我願意什麼都聽妳的，我近來的生活，大致都算正常，晚上十一點鐘睡覺，早上七點起床，我們現在已用不著那麼早起來了，中午我至少要睡一小時覺，每天飲食我都很正常，因此最近我自覺得胖了起來，等過幾天去馬公時照個像，寄給妳，我走後，妳會又瘦不少，我很曉得妳，妳的感冒好了沒有，我已經快十天沒接到妳信，我雖然叫妳少寫，但我現在不免著急，離開妳後什麼都使我感到煩，我想，不管怎麼樣，明年我們結婚吧！當然在我離開以後，我知道的，妳在等我，等我回來，我想我不會讓妳等太長久的，妳最近好嗎？怎麼也不告訴告訴我，儘讓我發急，我一發急時就會全身全腦的不自在，妳又不是不知道，近來妳又怎樣了？有什麼要告訴我的，當然妳也可直接寫到船上來，我認為那不會有什麼關係，我們總是要永遠在一起的，我在左營亂吹一通，那不過是希望不會被覺得緊要吧，事實上有些人是太緊張與敏感了一點，所以我也非常可惡，目前我祇希望明年調船，妳放心好了，明年妳會的，妳會是我太太，我為這一直在感到高興、充滿，今天12號，大哥回來沒有？希望他是正在陪著妳，那會使我放心不少，否則我又會耽心妳這兩天的傷神傷思。馬公最近天氣不好，交通又告阻絕，所以，妳的信被延誤，不過我始終會安心等待的，這封信從昨天到今天拖了好幾次，始終未一氣寫完，要說的，太多了，臨走時，頗感匆忙。好些話沒說，等那天我船靠左營，我抽個空回來幾天見面再說吧，祇要可能，我會的。

前些時我們在一起時，都沒說什麼，現在離妳得遠了，又能說出什麼來著，總之妳要曉得我在此地除了常為妳感到不安與懷念外，其他的都過得很好，而且我深深相信，妳任何時候的隻字片語，都會解除了我的不安，增加了我的懷念，我什麼都會制止得住，唯有對妳的眷念之情，那是沒有一時一刻能夠制止得住的，螢橋河邊，現在該已充滿一片肅殺之景了吧？新店溪的碧水畔該又是人跡零落了？還有台北市的街頭巷尾也會少了我們這對漫遊的人，該也會減色不少吧？這些我都無心多寫了，如果我要細細的回想起來，或是細緻的寫出來更深沉的一些感覺，我恐怕妳的眼淚又會簌簌的流個不停了。近來我雖然就寢很早，但總遲遲不能入睡，有好多的事那堪回想！我想妳會更禁不住的，妳的任何小巧動作或是一言一笑，都會在寂靜時，像夏日炎熱般的侵襲我，妳指甲該又長了許多，又修過了嗎？別忘了那也是我所喜愛的，雖然妳常用它來搔我癢，而使得我很少去讚美它，但現在它卻又不期然的使我懷念起來了，還有妳的手，妳的腿，冬天來了，我希望妳都能好好的保護它們，為了我。上班時穿平底鞋會舒服一點，但別忘了放雙高的在行裡，出去時好穿，我的眼開始濕，我愈寫愈不自在，在我不在的時候，什麼妳都得自己照料自己了，做什麼事情都要有條有理些，心要細，出門時要帶適量的衣服，下班了可請同事送一送，我現在已在耽心妳一個人在街上走。謝子健、許中他們都是妳的好同事，我也一直把他們看做朋友，祇是平日大家公務及私事都非常忙，我都避免多作寒暄，打擾人家，我走後希望妳有時間跟他們同事都處得好，好讓我更放心。真的，我這次離開台北，什麼都沒放心，最不放心的就是妳，妳個性強，最受不了什麼氣的，所以前兩封裡提到一點很輕微的事，一直解釋到現在，我還是不放心，在家裡要常和媽媽聊聊天，不要跟妹妹們拌嘴鬥氣，妳的任何不遂意，都會引起我極度的不安與抱愧，因為什麼都會使我覺得那是我一手造成的。

替我問候洪美琳，但我絕對禁止妳跟她一樣瘋，有空可找康芸薇談談，在妳所有的朋友當中，我總覺得康是最賢也是最嫻的，同時我也相信她的口才非常之好，當然這在別的生人面前，是很難得享受到她的侃侃而談的，這些妳比我更清楚，用不著我多說了。

看起來，妳會覺得我很閒，可是我現在時間一分一秒都是可利用的，睡覺雖然浪費時間，但我睡覺為的是獲得精力去充份利用這些時間，我現在想多充實一下，將來也許求求別的適合興趣的發展。因此以後的日子我除了忙於寫信外，更要忙於看書了，雖然時間過得並不感到充裕。

家裡情況還好嗎？如果想告訴我什麼就告訴我什麼，有什麼要在我身上發發的，那妳就發發好了，妳幾個能夠發的對象都不在，我怕妳要悶壞了，二哥都說過他關心妳比關心他自己還要緊，那我也更會如此的，我總覺得妳就是我的了，我也是妳的，妳痛我也痛，妳不舒服，我也不會好受，聽到沒有，千萬要好好的，否則妳會讓我在此地等於受苦，別忘了妳的歡樂、妳的笑，也都是我的，那樣妳會讓我在此地過得輕快。我的人，時間過得快，下次我們見面時，一切又有不同了，願妳過得更幸福、更愉快，為妳，也為我，我得常默禱了，雖然我不知如何禱告，甚至於常忘記，但我知道上帝會原諒我們，因為我們是好人。

這封信我趕著要發它，所以匆忙間寫了好多別字，那都是我曉得的，祇因一時間想不起來，妳自己糾正過來好了，今天禮拜六，如今我已不管週末和週日了，他們都出去了，沒有出去的也都在整裝待發，我趕快擱筆好讓他們帶出去發，對了，崑弟那有信給妳吧？他快退役，明年以他紡織工程考的事情，謀個好職務沒有什麼問題的，這次我們談了很多話，臨走前我將那件黃毛衣交給他了，馬公並不冷，祇是難免肅殺之感，遙想台北，憶念難以自禁，但希妳我多自保重，下次再相見時，那種快樂不是我此刻能想像或形容的，我確信一定如此，不多寫，下次再談。祝妳安好

妳的金陵12/11

該問候的人都請代致意

我的人：

妳看到這封信的時候，我終於回來了，妳可知道這幾天，我一直在急，我怕回不來，請幾天假一點倒沒有問題，祇是妳應該知道馬公這地方，這鬼地方的交通太令人恐懼了，季風一來，什麼都斷絕了，祇除了妳我的心結合得更牢之外，首先我得耽心飛機有沒有，其次就是坐船，再其次是游泳，但我怕妳不允許，因為妳會說什麼天氣太寒冷呀，要當心身體呀，不要凍壞了啊！等等，妳想想就憑這幾句話，就夠我著迷的了，何況妳說這些話時的意味，竟又是那麼甜，我也直在耽心將來妳會叫我甜得受不了，不過這種滋味我一輩子都情願嚐，失去妳，對於我就等於失去了一切。琳琳，妳不要負心啊，妳說過妳願等白了髮，妳要等我一輩子的，那麼妳想想看，我怎麼捨得，怎麼忍心讓妳等那麼長久，所以，我回來了，妳不是要看我嗎？那我就讓妳看看好了，我可曾變了什麼，對了，我的心變了，它變得更鮮紅、更熱，這是為妳而變的，妳高興嗎？而除此以外，我的心變得使我相信，那種對妳的永恒的嚮往，永恒的愛，是我有生之年最千真萬確的事情。

我知道，妳翻過來看，妳又顯得不耐煩了，我到底回來了沒有呢？我不想再讓妳悶猜了，我已搭便船直駛基隆，這是馬公這幾天唯一的交通象徵，我不能再等了，我要在妳生日這天趕回，尤其是這幾天我的心早已在台北，在妳心裡，在妳的臉頰上，在妳髮際，在妳數不清的熱吻裡……

20號晚上，八點我進基隆港，我希望能在十點鐘前趕到妳家，太晚了來叫妳似乎不大好，也許遲半個鐘頭都不一定，但過了十點半我不希望妳再等了，妳可早點去睡，多養點精神好好陪我幾天。在妳生日這天，一切我都希望妳平安的過去，我會好好的默祝妳，為了好好的我們，我愛妳，但不要說我自私，那會使我受不了，上帝已經很明白我講的、我寫的，以及我想講的和想寫的，似乎也用不著我多說什麼，這樣我覺得生命滿足，所以我更加的珍惜。祝妳等待為了生命中的生日

永遠屬於妳的金陵12/17夜 敬上

美琳吾愛，早上匆匆與妳通完電話後，入口處已唸號登機，五分鐘後，機身離地時間為九點一刻，途中天氣甚好，惟機聲吭吭震耳欲聾，臨窗下眺，白雲蒼海，直航馬公十時半降落機場，有汽車來接，回到船上正好趕上吃午飯，下午校閱，所以沒有睡覺，忙著準備應付校閱的東西，妳的電報我祇好等晚上發了，但我時刻念念著妳。謝謝妳早上又來送我，我知道我的走很使妳傷感，我尤其不願意妳看到我一個人走向機場，所以當我後來看到時間還早，又跑出準備送妳上車時，車已開了，空留悵惘不已，我在機場踱來踱去，覺得非打一個電話給妳，心裡才能釋然，免得使妳一直惦掛著我，因為妳會一直念念我到底走了沒有？什麼時候該到了？沿途天氣好嗎？該不會出什麼事情吧？他現在在做些什麼？等等，我的電話一到，至少可以中斷妳一些此類臆想，而且妳似乎也會定下心些是嗎？我的人！日子過得真快，一晃眼七天過去，雖然短短七天，所留下來的回憶卻是夠我神往的，不是嗎？前夕的溫馨猶存，但今天已身各一方了！愛人，妳想哭，是的嗎？妳已哭了！我不想勾起妳的眼淚，但我已禁不住那如潮的思念湧來，此刻正是我孤影燈畔滿懷思情，我又能向誰吐露呢？別再哭了，傷神最傷身體，望妳能節制思念，安心等我再見著妳，我願意花這一輩子的時光好好的陪妳，補償一下妳因為我不在時為相思而致惹的委屈，愛人！妳安心等待吧！我已知道那時期已不遠了，而且並不是妳想像中的遙遙無期的，為了我，妳得好好的保重自己，先使自己愉快起來，不然我是不會安心的，也沒有愉快，妳總不能讓我一直待在肅殺怨傷的秋天的氣氛裡，我要聽的，是一些真實的、關於妳的快樂的情況，親愛的快告訴我，妳已安心了，而且在快樂的等待著我，我希望妳的回答是真的，這樣方不失去我這次回來看妳的意義，親愛的，我這次回來，原是為求這個安心的啥！妳說過妳要什麼都聽我的，那麼我現在要說：愉快起來！在任何情況下，妳要正常而愉快的過日子，聽到了嗎？我的愛人！我想妳，妳也想我，但都應該想得愉快，愉快的想，答應我，妳會這樣，否則妳想我會怎樣了，否則我再也不想妳了，否則我再也不要妳這個愛人了，否則那就算我們白愛了。

以後我寫信，我會收斂下情感，否則惹引起妳的思念，會使妳忍不住的傷感，那原不是我願的，讓我以後淡淡的給妳寫信吧！

回來後，俞果然問我要吃的，我把那包糖交給他，他高興得不得了，說是好糖，要慢慢的吃，因此別人祇吃了幾個，反正意思已經到了。第二個要求就是要我今天代他值日，我也一口答應了，順便我把錢交給他，發個電報給妳，免得妳著急，至於那幾封信明天我會看到，妳別急，我就怕妳急，妳一急，我最難受。

頭天回來，免不了忙，但我想船上的事並不太忙的，妳別多急，我很悠閒，除了想妳之外。

晚上千萬早點睡覺，出門多帶衣服免得受涼，儘量減少無謂應酬，我極不願妳忙來忙去，為這為那，將來我寧願讓妳享受我的服侍，我不要妳忙累了。

趕發此信，不多寫了，今天這裡天氣變得很壞，但我心情很好，真的很好。

妳的金陵12/29

親愛的，兩個人愛了，是一種難以忍受的磨折，經常要為一種無形的痛苦所纏繞，有時糾繞得分不開在心裡直打結，挨了好久，等結打開了，心裡才輕鬆無比，但戀人們並不對這種痛苦的負擔覺著後悔，或是覺得無代價，相反的，這種說不出的忍受，正是一種嚮往，以上為妳上次赴康的party時寫的。我最親愛的美琳，現在我正在烏坵，二哥大概還沒有來，否則他會想辦法找我的，這裡風緊浪急，寒冷透骨，船身晃得厲害，剛剛換了一次錨位，才好得多了，一切都請妳放心，我很好，不要太過於思念了，別後的一切都希望妳能如意，尤其是聽我的話要安心，要早睡，少寫信給我，我不會怪妳的，我現在已對妳放心多了，妳聽了這話別不高興，事實上我老不放心怎麼成？那些相思日子所挨受的滋味，夠我受的了，尤其是妳每隔些時，總要告訴我一件嚇我的新聞，什麼參加舞會啦，又是什麼要到南部去參加婚禮啦等等，每一次我都得緊張半天到一禮拜之久，我知道妳不是故意整我，但也許是我太愛妳，太耽心妳了，我說過自現在起我開始定心，這次我離開台北後，我便對妳開始有著信心了，我相信妳是一個永遠屬於我的人，我們以後再也用不著彼此猜疑什麼了，所以這次我回來陪妳共渡聖誕節，彼此了解更多，我知道我自己愛妳甚於一切，同時我相信妳也是的，我願使愛我的人什麼都好，所以我一直覺得欠妳很多。我的親愛的人，我要用我這一輩子生命來還妳，妳要不？回味對於現在的我是一種享受，離開妳以後，每每使我想起那晚我剛出台北站那一陣子，那晚妳記得嗎？妳來接我，出車後，第一個看到妳，我非常非常的激動，我想笑，雖然我不慣於流淚，我想妳一定等得很久很久了，一陣心酸，話都講不出來，直到到了家了，我才恢復正常，別說我，那天妳的情形也差不多，我看得出的。親愛的，別多想什麼，我們的愛，愛得非常完美，如果我們早愛，說不定早就吹了，妳對於我來得正適逢其時，我對妳接受得很自然，一點沒覺著什麼，恰如妳這一生註定是要屬於我似的，聽到了嗎？我的琳，妳已屬於我了！反正我娶妳娶定了，別說我不講理，妳記得妳上兩封信那個蠻勁嗎？說什麼我不回來，妳就要去台南，想起來真應該搥妳兩下，祇可惜這次回來又搞忘了打妳，事實上，看到妳那麼甜，我捨不得打。

昨天開始我記日記了，我不想給妳看，但我知道妳一定要看的，妳這蠻不講理的脾氣可要改一改，告訴妳另外一件事，我已經不抽煙了，這是我自己感到每次抽後，都感到乏味與後悔，雖不完全為了妳而戒掉它，但這總是值得告訴妳而使妳高興，是不是？

我走後，又有些什麼事情要開始告訴我的，XY一決定馬上就告訴我，二哥崑弟他們如果已回來，我想他們一定已見過妳，替我問他們好。現在正好夜裡七點，睡覺嫌早，我會看點書再睡，過幾天回馬公，我會等到妳信的，親愛的，別為我多寫信，我要妳多看書，我並不是為等妳信而活著，我是為愛妳而活著，我現在比上次安心多了，所以妳的信對我並不太重要，祇是有時我想知道一些妳的情況，這是離開後一種慣有的正常的嚮往心情，在這裡我尤其不願妳因為寫信而睡得晚，我要的是妳生活正常，看書時間亦正常，有了一定的時間後，妳才會覺得從容，到什麼時候做什麼事情。當然我知道講了半天我還是白講，這不過是我一再的希望，祇要妳過得很好，睡眠充份就行了。

需要我做什麼事情？或是買點什麼？都請告訴我，心要保持平靜，切忌勿煩！我不多寫，祝妳未來的一切

比過去還要好！

妳的不變的金陵　敬上'61.1.2

再寫時已是三號了，我們還在這沒走，別耽心，我很好，今天風浪也平靜多了，精神很好，上午看了一點書，雖然嫌少，但別怪我，才開始，妳得打打氣才行。勞軍團下午來瞎鬧一通，唱得怪腔怪調，我看了一會便下來休息了，天氣已很暖和，烏坵彈丸之地，也顯得可愛些，明天如果有紫菜我會買一些寄來，但說不了一定的。

妳的陵於元月三號燈下

元月三日晚十點一刻，天又下起雨來，好久沒見到下雨了，現在聽到它落在甲板上的聲音，煞是好聽，也分外覺著親切。好像又是妳在輕輕的呼喚我，九點鐘又看書到現在，一個多鐘頭了，聽到雨聲好像是妳在叫我休息一下，吃點桃酥、花生糖，就彷彿妳正端

了一杯咖啡來似的，我知道以後我會享這種福的，所以特地又寫了幾行字來充滿這張紙，以表達我內心中的謝意。

對了，上次在馬公買那條手帕那天掉了六個限時信封、台北明信片，但我很高興，一點可沒在意什麼，順便也說明了我很好，只是想妳沒停過，日記我已記了三天了，妳要不要看？

妳的陵問妳好，請妳安心，甜甜的睡。

吻妳一萬零一個金陵

親愛的，當然我是該回來了！對於妳，我永遠是嚮往的，妳還記得我說過這話吧？尤其是在這難忘的二月裡，在這月份裡的任何一天，都充滿著濃熱的愛情與化不開的相思，在二月裡孕育出來的感情，一直在使我們保持著此心不渝，不是嗎？一年當中我們幾度分手，幾次吵架，但這些都沒有影響彼此間的絲毫恩愛，再說重一點吧，在妳純樸的心靈裡，且又經過了一番家中的變故，但我們始終保持如同起初一樣的互相信任與尊敬，真的，親愛的人，我最信妳不過了，別看我成天問這問那好像蠻緊張似的，事實上，我心裡最穩、最輕鬆，有時我問得很好玩，耽心太過份，其實這是我的好奇而並非吃醋，到現在為止，我還沒吃過酸酸的到底是什麼味，不騙妳，其理由很簡單，因為妳還沒給我吃酸的啥！有兩次我緊張，但那不是我不相信妳，而是不相信別人，告訴妳，實在的我是最相信妳的，在我們之間我常喜歡開開玩笑，逗逗妳，但每一次我都沒希望惹妳冒犯妳，使妳生氣，因為我尊敬妳，當然別的人更不能隨便惹妳的，因此我的管妳管得很緊，其實妳很高興的。是不是，別以為管妳緊是吃醋，那是因為我在保護妳Ｙ！

至於妳對於我，我看妳現在是非常放心了，告訴我，這一年當中，妳吃了幾次醋？那一次最利害？親愛的，讓我再說一遍，無論在任何情況下，妳都應該相信我！我這顆心是屬於妳一個人的。忘了件事，妳不是要酒嗎？要送人嗎？那麼趕快告訴崑弟要他替妳留下四瓶，我攪忘跟他講了沒有？假如沒講，我想大概他也會留兩瓶的，就是為了這，所以我前天又買了四瓶，但如果我家還有酒，妳千萬別客氣，找金崑要，因為妳要先送人的，聽到沒有？別講客氣，這四瓶酒我回來時帶回，我看妳送人別趕在初一、初二，何必擠熱鬧，依我之見初三以後去拜個年很適宜的，妳認為好嗎？不過我仍尊重妳的意見。另外我大概20號左右回來（哈！哈！）

沛兄波兄近來在馬公混得還可以，有時難免要我去出馬打打天下，但我可怕妳又大叫一聲，親愛的別吃醋了！該向妳報告的已早向妳報告了，那兩個太太並不美，憑良心說我是為沛兄抓的，總算手法快，今天他們又去Dancing了，在他們心裡，一定會感謝我在班慶那天的手法之快的，除此以外，沒什麼好再說的了，因為她們，說天地良心，不夠一談的，尤其是更不值得足使妳耽心的，妳相信我嗎？

我所記的日記一直沒間斷過，這應該是一件好的現象了，另外我調儀隊事情，今天接到田姓同學來信云，根本就是沒問題的，因為隊長常談起我，祇要另外一位老大哥一走，我就遞補上去了，時間也不會拖得太久的，親愛的，妳不急吧！我一直也在盼望消息中哩！

現在我該擱筆了，因為有位同事來找我聊天，而且我該告訴妳的也告訴妳了，我願在此先向妳拜一個年。

祝妳今年

萬事如意！

妳的金陵2/11 9點10分燈下

琳：

妳算算看，今天我又值日，對吧？那妳就該知道我會靜靜的給妳寫封信，離開妳後非常想妳，妳還好吧？真的，我近來不知妳心情究竟好壞？我知道妳為著家裡的事常常操心，自從伯父大人出事以後，而且妳心裡常念著我，我也知道妳曾為我倆的婚事花了不少腦筋去思慮，妳會為我調職的事感到焦急，妳會為著我們結婚時那筆錢的籌備發愁。親愛的，我近日記掛的就是這些，這些就是使妳傷神，使妳心情不安的原因，親愛的，告訴我，是不是？我要得到妳真心的答覆，我不准妳瞞我些什麼，那樣，妳會更使我記掛不堪了，在我生命當中，我最不願意看到的事情，便是妳心神的疲勞了。親愛的，我怕妳煩，任何一件，即使是很小的事情，祇要是促使妳感到煩的，我都厭惡，所以，琳，答應我，不要想得太多了，尤其是妳們女孩子，妳們一皺眉頭，我都會感覺難過，何況妳又是我最心愛的人呢？所以，琳，聽我的話，不要再煩！尤其是不要為著我，我終生的伴侶，我早已認定是妳了，我絕不會有絲毫改變的，任何一個其它女孩，不能使我對妳變心的，這一點妳應該相信的。事實上，在我們這一年多的接觸中，我們已不知道有了多少山誓海盟了，我相信我經得起此心不渝的考驗，因為在我這一生中，我已感到生命中最愉快的，最豐富的，最滿足的時光是和妳在一起的日子，此外我已不復多求了，所以親愛的，不管我是調船或是調陸地，我是準備結婚了，何況我對這次調陸地的事情，看得很樂觀，很有信心，所以在任何情況下，妳應該相信我，在所有海軍的太太當中，妳會享有最多的時間有丈夫陪著，目前我正向著這方面努力，我希望在現在，妳心情正是多事之秋的時候，妳能很愉快的想到我，而忘了些憂愁，而我所最不願的是，我又使妳的心神增加負擔。親愛的，一點也不錯，關於我們的婚事有不少事情該準備了，但是我希望是一點一點的想得很清楚，在準備的過程中，心情應該是愉快的，如果要把這愉快的準備工作看成一樁很苦、很吃力，而且還不堪想像的事，那還不如不準備的好，我們要的就是愉快、輕鬆啥，而最重要的，親愛的，是我已是深深地深深地愛著妳，此心永遠不渝，而目前暫時惟一的希望與祈禱是妳的安心的等待，愉快的思想，為著我們在人生道上永遠的攜手，親愛的，我不多寫了，因我趕最後的一班限時信，使妳早點看到它早點安心。

愉快

妳的金陵3/21燈下

給我最最親愛的琳：

我要在這裡告訴她我很平安，一切都勿勞思念，並且像如此一個親熱的稱呼，也是從她那裡學來的，像今天晚上，全船的人差不多都走光了，她的好學生我，現在的燈畔孤影，正在深深的憶念著她，她已經好久沒來信了，不曉得她近些日子來平安嗎？是不是害了什麼小病？或者是事情很忙，也許是正在為我忙著，她近來心情好嗎？祇要妳一切都好著，再久點不寫信給我都沒有關係，祇要我聽到妳好，我就安心了，可是十幾天了，沒聽到妳一點消息，我愈想便愈不安了，妳給我的信我不要太長，我祇要妳說好與不好，當然我不喜歡聽到任何不好，但如果萬一有什麼不好，我也請求妳不要瞞我什麼！我相信即使妳不告訴我，我也會知道的，我們彼此愛得深了，心靈早已相通。最近我常感到不安與急躁，不知道妳那裡又發生了什麼不如意的，但妳應該趕快寫信來呀！我說過我不要妳寫太多，祇要一點點就夠了，妳上次的傷風好了沒有？臂還痛不痛？怎麼搞的?!問了妳幾十遍，妳還是不答應，再不告訴我，我就要打妳了，隔得那麼遠，還那麼不聽話！真皮，其實不管妳再怎樣皮，妳在我的影像中，永遠是最最溫柔的，讓我在這裡給妳一個封號吧！妳是這世界上最甜的女孩，大哥說得一點也不錯，任何人都會喜歡妳的，祇要他們見過妳，妳說妳願意在年輕時嬌美，其實妳已超過嬌美多多了，甜比嬌美更令人心醉神往，更何況妳是既嬌且美又甜，女孩子的優點都給妳佔光了，所以我又要提到大哥，他說得一點也不錯，妳穿什麼顏色的衣服都好看，對於這一點我早就有了同感，除此以外，我再加給妳一個封號，妳是世界上最賢慧的妻子，但是是屬於金陵的，關於這一點，我領悟得當然比別人要多得多，而且我已覺得我是完全的領悟了，由於此點，我發現自己愛妳愛得太深，已近於發狂了，但請相信我可不是盲目的，這是我自己心裡認為值得如此的（我可並不是以經濟學的眼光來衡量價值），我的意思是我沒愛錯人也，沒白愛了，此刻我自覺心身已屬於妳，雖然彼此間隔有如此長之空間，但那也祇使我覺得比我以前在妳身邊屬於妳時更具形實化，目前我已深深的了解了啊！愛情不是如我以前那種想像中的遊戲人間，我用什麼樣的言詞來形容它呢？愛情是一種最佳的心靈表現，不，這樣的說法還不能概括，目前我所能想到而認為的是，愛情是一種偉大的境界，一種無所不包的境界，舉凡氣節、心靈、肉體等無一不包，愛情如有一方變節，偉大境界隨即消失，所以這是要雙方維護的，但如果仍有一方始終如一，那麼這種偉大境界仍為他或她所屬有，充其量也不過祇使有些人覺著不完美罷了。所以現在我說即使世界毀滅，在那末日的最後一秒中，仍會有人覺著愛情永存的，再寫下去，我覺得會愈想愈多，寫到這裡我已覺著夠了，像現在的我們，正在享受這種境界呢，祇要我們好好的，便用不著想得太多，妳說是嗎？祝妳永遠

微笑！

妳的金陵5/12夜

美琳如晤：

晨間接二哥來信，謂已與大哥約定於本週五乘夜快車北上，暫住我家。他們深知妳一向深愛妳的父親，也明知處此情況下不能給妳任何一點安慰，但他們仍希望，也是惟一的希望，這次回來能帶給妳一點點的安慰。至少，這種難得的慰藉，我已替妳首先感覺到了，對妳這兩個好哥哥，也是我的好朋友，這使我並不感到意外。

妳家遭此遽變，憂急感痛，自所難免，尚望遏制愁緒，多安慰母親照顧弟妹，切勿自傷過甚也。此祝平安

金陵上9/6

多陪陪母親，不要讓小弟、毛弟到處亂跑！

雷美琳給金陵的信

【第三封】

金陵：

這是你去馬公後我的第一封信，也是你離開後我給你寫的第三封，屈指算算，你已離去十一天了，日子過得真快，別後的一切都願你很好。

你的第54封信昨晚到的，今晨我收閱，你說離去前，是否你們常走動。

你做的一切事，只要對你有益，你儘管放心去做好了，我不會怪你的，不必顧到我，我極信你，我一直怕自己連累了你，這樣我一輩子都不會安，我怕欠你太多，金陵！真的，如果太不好，我會不害你的，叫我怎說呢！以前你和我也曾為此大吵了一場，還記得吧！是在回新店的車上，還有大哥在場，是中秋夜，不要以為我在傷你心，其實說這話，我比你還難受，也許是我太愛你了，因此我不想帶給你絲毫的災害，金陵！真的，我永愛你。

我補習的時間是每晚7～8時，又有小妹作伴，你不必擔心什麼，總有一天我會每天活在你視線之內的。

接到金崑的信，他接到我給你的第二封信即趕到碼頭找你，你已離去，漂泊生活本若夢，海上生涯原無常，看見船去人空的碼頭，海波微漾，他有太多的感嘆！我呢看到他的信，感慨何祇萬千！

我的情況很好，上週末，張祥先要請我看高空技術團，我又托他多買了二張票，帶了美莉美梅同去，我知道你不喜歡我和任何人出去的，星期日我值班，一切大致和上次值日一樣，只是少了你陪我，下午還舉行了珠算考試，我的成績不好，還太慢，電影也看了二場，上星期五康芸薇和一位朋友來看我，並陪她們看了新世界的「同床異夢」，這星期一又和孫宜蓉同看了大世界的「第九騎兵團」，上週三、四曾去你家二次，恤金也代領了，其他的日子，早晨上班，晚上下班回家，很規則，日子在平淡中，感到度日如年，這就是你離我後的生活情形，近來有點小病，感冒了，前些天身上有些酸痛，大致已好，只是頭仍然昏沉沉。

你常約女孩子跳舞、玩，我都不在乎了，我心寬了些，我說過我不想害你，而且我了解你用心良苦，陳德炎都告訴了我，代我向他致謝。

心裡一直舒暢不起來，但願會逐漸好轉，不必麻煩逯沛、俞小波為你作證，他們也很忙，時間是很珍貴，我會信你的，正如你信我一樣。

信托別人轉，是給人添了麻煩，代我謝謝他，問候陳德炎、俞小波、逯沛好。今日曾托金崑轉給大哥一封信，希望十二號會見到他，行內的周小姐乘假去台中看她的未來丈夫，還有別的男同事趕回去看女朋友、未婚妻，也有其他的女同事的愛人由南返北看她們，總之這難得的兩天假日大家都安排得美滿極了，只是你無法回來看我，我也不能去看你，隔得太遠了，願心接合得更牢，夜闌人靜祝你好好的，謝謝你的祝福，那夜我的夢很甜，因為夢見了你和父親。又，我曾訪胡適。

你的人1960.11.9夜

【第五封】

金陵：

我剛洗完了澡，就忙著拿紙和信封給你寫封信，你不是等急了嗎？我聽你的，接著你的56號後，好好給你寫封信。

昨天才收到你的第二個54，九日寫的，今晨同時接到55、56，你猜得不錯，是一起到的，很熱鬧，是昨晚到了銀行。

要告訴你的太多了，我不知先說那件好，怕你急還是先回答你的問題，是好X，不愁了吧！我近來很好，生活也較前正常，睡眠充足，心境也好，千萬別愁，我非常高興，你每天想我，只是你沒有吃虧，因為我也一直想你沒停過，一分一秒，多公平是不是？

你說我們的房子找到了，在那裡，既然你找到了它，怎會沒見過呢？是誰介紹給你的，為什麼不說清楚呢！你才討厭呢！別說我利害，以牙還牙！你罵了我，我也回敬，只是好久沒罵了，我也想罵一句，正如你想跟我吵一架一樣，目前你在馬公找不到對手了是不？那麼快回來吧！我在等著向你開戰。金陵！真的我抱歉惹了你，害你不愉快，你知我不是有意的，你不舒服，我也不會高興的，千萬原諒我，好不？你走後，我一直在後悔以前和你吵架，每一次都叫我事後不舒服，你一走，我更難受，為什麼要叫你生氣，你知道我並不是故意的，只是近來情緒不好，常找你發脾氣，我一向都是較柔的，對你，永遠會更柔，信不信？不信的話，你不妨回來試試，靈不靈你就會曉得了。

我不在乎你和別的女孩子玩、跳舞，我說這些並沒有絲毫不放心或不高興的意思，我愛你會原諒你一切，我信你，相信你不會去愛任何一個女孩子，那麼偶而的逢場作戲，對我並不太重要，我不至太不識大體，再說你又是為某些原因而如此說，那我更不該怪你，你想即是你真做了，我會氣你嗎？何況你還沒做？我那樣說只是叫你放心做一切，不要顧慮什麼，因為我非常相信你，相信你會永屬我，比二月份我安心了很多，我不否認我的想像也比別人豐富，只是我並沒專想你壞，是你的同事告訴我的，抄錄陳德炎一段給你，仔細看看：「金兄在此因某種理由，要表現得非常活躍，給上級官員看，故經常約其他女孩子去玩，而且在船上大吹大叫，當然每次出去均有沛兄和小波同去，他用心良苦，想您是想得到。」看清楚點，不是我想的吧！你得答應我，千萬別怪陳德炎，他為你說了很多好話，即是真說錯了，你也不該責他，看了他的信，即使是事實，你想我也會怪你嗎？我只有更難受叫你受罪，金陵！過去了的，別再提了，一場誤會已平息，我更愛了你一些。

你不在的日子我真的過不慣，每天數著日子等你回來，雖然沒有期限，但終究會有那一天，我已開始補習了，今天是第二天，每天下班和小妹一起去，上完了再一起踱到車站乘車回來，所以也用不著麻煩謝子健他們送我了。今天回來的路上，忽然提起了皮包重的事，我又想起了你，你不在，也沒有人幫我提皮包，真的，做許多事叫我想起你，想去你家看看，一個人也不想去，那條長巷，夠我走的，我怕獨行，那會更叫我想你，在那條路上許多日子都有我們許多的漫步，一面閒踱，一邊說著往後的計劃，有歡樂，有愉快，真的我懷念和你度過的一分一秒，你不在我身邊時，我一個人在回味了，甜的後面是酸，我一樣愛品嚐，自你走後，螢橋河邊、新店溪畔，我都不曾再去過，我想它們都寂寞的等著我們去光臨。坐著看河水，仰著數星星或是高歌一曲，說說未來的憧憬，陵！等你帶我去拜訪它們，答應我，別讓我等得太久，你忍心讓它們也長久的孤單嗎？

知道了你很忙、很累，我很不舒服，我曉得這些你原來都不想告訴我，是怕我急，不管你是好是壞，我都要知道真確情況，再一次答應我，不瞞我任何一點點。

珊瑚耳環，千萬不要買，太貴了，而且又沒有用，300元能做更多的事，你如要買東西給我，儘量買點便宜的，留著紀念的用不著太值錢，只要是你送我的，它本身就是無價之寶，我會很珍惜它，保存一輩子，將來給我們的……可好，我不告訴你我想要什麼，否則你又會像上次在馬公那樣罵我羞不羞，我皮很薄，所以我不說——哈！

我也照了像，很巧是不？我正是十四號照的，和你時間差不多，十二號晚上我去白光照了，不好，十四日又去重照，十八號可拿到，你如果寄給我，那我也回送一張，否則我也不給你，那張很可愛，想不想要？

你才要不要臉！你怎曉得我會作迷，你真的漂亮了呀！那我並不高興，因為我又不放心了些！哈！哈！

金崑給我來了信，我寫給你的還有一封在他那裡，他可曾轉給你？

大哥十二日沒能回來，我並不生氣，他說以後找時間回來看我，我高興有你、大哥、二哥，以及金崑關心我，二哥現在情況如何，如你有緣遇到了，不要忘了告訴他，我很想他，吃醋不？

許義忠又來信了，除了一再要我心情愉快不要煩外，還問起你的近況，並要我代問你好，今天在辦公室我給他寫了一封信，除了代你問他，還說你因時間匆忙未能去屏看他，俞國基夫婦帶女，潘大姐，以及張祥先都先後來訪我，也代你問聲好。

康芸薇、蕭慧美也都常問起你，蕭並乘二天假和同事去台中玩，回來後並托人轉交了一盒鳳梨酥給我，區區之物也代表了一種友誼，我很感動，在她打給我的電話中，她問起你時，我說你要寄花生酥來，到時我給她留一盒，怎樣？這筆帳！你是賴不掉了，總得破費一下了，寄時千萬要包牢點，多包幾層，否則會壞的，看！我告訴你得這樣詳細，不寄也不好意思，慘了是不？

你不是要拜師嗎？那麼快繳報名費，我的函授班等你開學了，別錯過了良機，快些呀！廣告做得如何？

接到大哥的信，我曾感動得哭，儘管是短短的，但字裡行間充滿真心的關懷，我慶幸有了你，又有二個好哥哥，上帝似乎獨偏愛我。

對了，你的信箱號碼是多少，「馬公郵政7341-10」收得到嗎？你是不是在測天島，也許我有要緊事，那我會直接寄給你！

感冒還沒全好，頭仍然有些痛，不要緊的，沒事時多運動，和同學多聊聊，我希望你仍和往日一樣健談、樂觀。我的手酸了，筆尖也鈍了，你的眼大概也累了，意態也不耐煩了，那麼我放你一個假！（學大哥的，你看我記性多好，這是二月份收到的）祝

好得很

你的人1960.11.15

【第八封】

金！我最親愛的！

我已收到了你的58，它是昨晚安抵台北彰銀的，看到它，我很高興，我說過我樂意寫信給你，更願意收到你的。

很想你，非常非常的希望你在我身邊，尤其是在我心煩亂極了的今天，情緒壞極了，使我更加思念你，前天和今天我曾大哭了二場，自從父親判決的那一個週末，及中秋節的那夜後，我有許久不曾哭得如此利害，淚流乾了，喉嚨啞了，可是我依然阻止不了，為了父親哭，也為我自己，還能說點什麼？當我對一切都絕望，憶念過去，環顧眼前，展望未來，對於我，全是一場空，不敢回味往事，更無法預測將來，把一切我交托了給上帝，願他保佑我們。

十年！一段悠長的歲月，我不敢去想，那時我還活著嗎？不死的話，那我也該是個中年的婦人了吧！毛弟也將長成我這樣大了，小的變大，大的變老，老的作古，宇宙一切均將如此旋轉，人活在這世界上渺小得可憐，今夜我有太多的感慨！

你很好，對於我將是一個很大的安慰，我希望我愛著的人，都活得好好的，不管他們在什麼樣的環境。

我也很好，千萬別不放心，人經過了一次折磨，將經得起更多更大的，今日的我，能承受住一切，我說過，為了父親為了你，我會活得堅強、愉快，放心吧！

不曉得還說點什麼，我曾記得我有許多話要告訴你，腦子有點紛亂，我要把它理出點頭緒，聽我慢慢的說給你聽，耐煩聽吧！

昨天你母親來銀行找我，下午三時左右她帶金甌去看病，金甌的腿腫了，還不知是何病，大概不嚴重，問起了你的近況，並要我去，這個月我都很忙，一個禮拜天在行內考珠算，上星期大哥回來，這禮拜日又該我值日，都不能去看你媽媽，我告訴她，週末去，她說等我，我也的確要代你陪陪她，行內的同事，知道是你媽來找我，又大鬧了一下午。

你可曾耳朵發燒，天天都有人提起你，金陵的大名響遍了彰化銀行，每天我都在笑，別人談起你，我無法忍住不笑，所以我想我會長壽的，活到一百伍拾歲，一個老妖怪！

眼睛酸痛，明天我再詳告你許多，二、五可去探父，每天我們均將送菜，父已來新店，離我們似乎近了些，但願不久會更近一些，生活在一個屋頂下。

再告訴你一聲，我很好，心情也開朗了，不要擔心，你好，我也會更好的。

想你，愈加深了，為我保重，內湖鄉在海總再過去，比大直還要遠，我也弄不清台北的地圖。

為我好好珍惜，祝

你更加的好

你的人1960.11.24夜十二時

照片可收到，她甜不？明天我會給你寫得長長的。

剛見到了爸，他瘦了十二公斤，我的淚仍忍不住。　琳又25日

【第十一封】

我最最親愛的：

我的電報及信想已收到，那麼告訴我，還生我氣不？我說過一輩子再不惹你，這是最後的一次，別酸了，吃吃我給你買的糖，那你會仍然愛我的，答應我高興的笑一天，我也要你永遠的快樂，為了我。

為什麼這幾天昏昏沉沉的，是病了嗎？還是依然是為了我，那麼希望我的電報是良藥仙丹，已治好了你的重病，別再折磨自己，你的琳，和往日一樣，沒變任何一點，永遠是屬於你的，等著姓金，放心了吧！別再煩，我會不高興的。

61號也收到了，今晨，只是你的號碼亂極了，我已不知有幾個59，幾個60、61了，我的記性比你強是不？理由很簡單，並不是我有聰明的腦子，我相信我不如你，每給你寫一封信，我都在本上排了號碼，並且註了寫的年月日，因此我不會錯，麻煩些，你不必如此，我只是告訴你。

我買了一雙黑的二吋半的鞋子，是中和鄉的，很久以前你就要陪我去，結果還是我自己去了。

很多的人與事，都會引起我想你，在我嫁給你以後，我不希望你再離開，雖僅是小別，目前我只好盼你早日調下陸地，海上的生活太苦了，我不得不耽心。

你的耳朵可曾常發熱，行裡識與不識你的人，每天都說個不停，我愛聽，但更加使我想你。

我真的像個潑婦罵街？或是河東獅吼咆哮嗎？那你怎敢還要

"第八封"

我，你不怕我吃了你，看樣子我會嫁不出去是不？

告訴我真的，你能夠回來嗎？不要騙我，那我會更加難受的，我怕失望，但是我會學著忍受，正如爸的事，我要忍著更多，如果你真不能回來，不要感到抱歉，我不會怪你，我會非常了解你的情況，那麼我會等著下一次的機會，雖然我不希望聽見那不好的消息，但我仍然高興你不瞞我任何一點。非常想見到你，我的生日及人們狂歡的節日，爸給了我一信，並抄錄讀的書，我盼你能回來看到今天我的精神很好，所以我給你寫了封短簡，希望我的小金子安好。

主佑我未來的人

你的琳1960.12.9

高理民明日不知是否來找我，我怕太麻煩他。

又：去信給老秦時代問好，還有顧金聲，我不識他，你謝他吧！阿飛我已代你謝了，問候小波、逯沛、及你的好朋友們。

【第十二封】

金陵：

你今晨發的62號，我已收到了，奇怪是不？今天是銀行每年一度的忘年會，慰勞每一個行員，一年中的辛勞，除了請吃一頓晚餐，還有餘興節目、摸彩，及電影欣賞，因此今晚它到了銀行，我還沒離去，否則又要到下禮拜一才見得著。

接到你馬祖的信，我曾很失望，我曉得你大概無法回來了，我很難受，情緒也一直很壞，只是我並沒怪你，更不會生你氣，我很了解，你比我還急，如你回不來。本來我已絕望了，現在看了你的信，我又燃起了一絲希望，我的生日見不到你，那麼聖誕節時你已回到我身邊，但願別再讓我失望。

真的，非常想你，在我最愉快的時候，我會突然不高興，不為什麼，只因你不在，今天我們開了四桌酒席，我本也很好、談笑風生，大家的氣氛都很輕鬆，許多人都在鬧酒，我不知怎又有感觸，想到你，我沉默得不想開口，七點多才吃完，飯後是摸彩，我得到了一個皮包及一個梳子，情況很熱鬧，各人的禮物領完後是電影「鳳求凰」，我沒有看，謝陪我上車，並在街上替爸爸買了許多的東西，我剛領了獎品，行裡的工友就拿來了你的信，成了我最好的禮物，已使我久候多日了，謝謝你，親愛的人，你給了我一個快樂的週末，如不曾見到它，這又是一個惱人的日子。

十九號我們結算利息，可能會很晚，上次我就是搭最後一班車，這一次會更忙，二十日我們休假，不上班，我怕你有電話給我，所以特別提醒你。

我不知你那一天才會回來，只是我每日都在企盼中，願那一日早來到，你會知道，我是真想你的，你說我不聽話，要打我，我雖怕疼，但如你回來，我寧願你打我，捨得嗎？不忍是不是？

你的信顧崇廉在車站發的，他打了個電話給我，說他有事，不及給我送來，要我原諒，我雖想早點見到信，只是我怎好太麻煩別人呢！他不曾來找我，所以我也沒有聽你的，代你請他看電影，要知道，他是有女朋友的，人家的時間也是很寶貴的。

對了，高理民也有女朋友你曉得嗎？師大畢業的，近來有了些變化，你的好朋友告訴我的，他是你的朋友，而消息卻從我這裡得來，怎搞的。

另外還有三個人來找我，沒見到，他們說你叫他們告訴我，你去了馬祖，不知何時返北，我不知是什麼人，大概總是你托的同學、同事轉告我的。

上星期六收著你同學帶的耳環及別針，那小東西很可愛，我每天掛在外衣上，把你的祝福終日帶著，還有一個我還沒決定送給誰，也許我會給爸爸，你不是說是吉祥的嗎？願它把好運道帶給我父親，別再買給我了，最近我買了一件大衣，1400元，也做了二套衣服，及裙子等，你曉得為什麼，全是為你做的，我不想讓你覺得我變醜了，在你離去後，因此我要打扮一下，千萬要回來，我不是為別人活著的。

卅一我沒決定去台南參加婚禮，有點想去，既然你不准，當然我不會去了，我會聽你的，其實我去南部並不一定全是為了他，我也想去看你，我和郭淑娟在學校時，並不算好，大家都處得還不錯，出了學校比前親熱，她去盲啞學校看了我二次，銀行一次，還和我在電話裡長談了一次，彼此似乎更好了些，這次她結婚第一個通知我，還是未婚夫親自送來，她要我代她招待他，可是他來找我時，我剛好不在。怪得很，有好幾個同學結婚都是第一個告訴我，還和我商量，而且我和她們友誼並不深，天霞說我是使同學懷念的人，我不知我是否如此可親，接到她們熱情的信，我都感到意外，我不知我結婚時，會第一個告訴誰。上星期天參加了一個同學的婚禮，我有很多的感觸，不像你說的，我並不是不舒服，除了深深的祝福一對新人外，我有些說不出來的感慨，我一直怕我們倆有意外，你在的日子，心裡充實，我不曾耽憂，你遠離後，我想得很遠，不過不要擔心些什麼，我說過，我會有一天姓金的，而且我也會勇敢的排除所有的阻礙。

十九日我拍電報給你，但願你會請准假，當然我會貪心長一些，一定得回來，我等你。

我的生日，不預備請客，除了請爸爸吃碗麵，我親手做的，我還代你為我吃點麵，爸送我五十元，上星期二他要給我，我要他二十日再給，我激動得大哭，我的確太想他了。

大哥有信給我，他很忙，還要去壽山公園辦公，三天去一次，並問你好，許義忠又有信來，問你及爸爸好，我非常感謝他，他一直對我很關心。

謝也問起你，你回來我要為你們介紹，他和杜好像還不錯，我曾代你恭喜他，他罵我嘴長，什麼都告訴你，我不否認，還問他羨不羨慕，他氣慘了，你不會說我皮厚吧！

這是十二封，十一號我也一起寄給你，寫好的第二天我忘了帶去上班，我還一直埋怨，下午就接到顧的電話，因此也不敢發了，這些日子一直想給你寫信，因為寄不出去，也懶得提筆，我開始討厭船了，它把你載到這裡，載去那裡，就是不把你送來給我，我不喜歡它，明年我要你調下來，知道吧！

好些事我要等你回來才說，你如想知道，那麼快來我身邊，而且你如不回來我將去南部，以此做條件，你會生氣我在威脅你嗎？總之你得回來，我不管其他的，不講理是吧！反正你倒霉定了，就是遇到講理說不清的人了，我要你回來，快些。

你近來好不好，多保重，依然是這句

主佑你，我親愛的人

琳琳1960.12.17

可猜得出我交換的禮物，問候你麻煩的朋友。

雷美琳給雷震的信

爸：

我很幸福，僅有這句話，足可代表了一切，正如同您祝福我的，我相信我的選擇，這或許是我一生中唯一做對的一件事。爸！我知道您關心我未來的日子，我從不想瞞您什麼，所以我要第一個告訴您，媽可能不表同意，因此我尚未開口，雖然我很感謝媽，她怕我吃苦，但我自己又何嘗不曾考慮呢？人！總希望生活舒適些，我也不例外，只是各人的選擇不一樣，在天秤上我把感情放在第一位。爸！我該告訴你的，我很愛他，他對我極好，我活在愛與被愛中。他！金陵！湖北人，二十七歲，建中四十年畢業，四十六年海官校畢業，我們相識了五、六年了，這一段不短的日子，彼此相知極深，他從不瞞我什麼，當我們一認識，他就帶我去他那木屋的家，主要的目的是告訴我他的環境並不好，很少有人會這樣做，我愛他的坦白，他告訴我，家！總是可愛的，儘管它殘破不全。爸！我曾深深的為他這平凡的話而感動，他現在四十九號永壽艦上服務，槍砲官，剛調到左營海軍士校，快離艦了，船上的士兵合夥送他派克筆、茶杯等物，這固然是小事，但我高興他受他們尊敬。我曾告訴他，我並不一定希望他將來有多大的成就，但我卻要別人愛他、敬他，幸好這一點他沒有使我失望，和他相處的人，都很喜歡他，並不是上司，卻是屬下。爸！這是不是一點成就呢？他坦白、熱情、有進取心，雖然目前毫無事業。爸！我不想說他好，我只告

“第八封”

訴你些瑣碎的事，也許您更能了解些。

爸！我不否認，我曾不止一次的擔心過往後的生活，但，我無法不選擇他。爸！我曉得您會了解我的，我愛一個人時，我願跟著他吃苦，爸告訴我些我不懂得的，我希望我會做個幫助丈夫的賢內助，我有理家的本事，這點，我不懷疑。

爸！目前我還不想結婚，我多麼希望我結婚時，您已恢復了自由。爸！真的，即是有一天，我結婚，您能出來參加我的婚禮嗎？否則這對我畢竟太殘忍了，我夢想著一切如願。

爸！近來我很省，我要存下點錢，而且但願以後能找到個好的工作，他家環境不好，他爸爸也因某件事而坐過軍人監獄，為此房子賣了，錢也花光了。

爸！告訴我點您的意見，此時我不知還說什麼好，他一直想來看您，不知可否。爸！我也想您見見他。

人家都說他以後會有發展，希望沒說錯，他的中英文還不錯。

爸！我極希望您見見他，目前他在左營，一個月左右回北一次，我發現我樂意為他做任何事，我不知道這是否真正的愛，但我知道我對他更重要。

主佑！吾父

琳兒 5.23

雷震簡介

金陵

敬悼一位歷史人物，感念他為後來者披荊斬棘之苦，我們必須在歷史的幽光中，體察他沉重的腳印——溯自一九四五年二次世界大戰勝利後，我舉國歡騰，國府已入同盟國四強之列，還都南京後，本應在安定中積極建設國家，但國共雙方卻不此之圖，高喊和談制憲，由於雙方師心自用，各自擴張佈置一己之勢力，加以蘇聯刻意扶植中共，短短不到四年光景，河山變色，一九四九年元月蔣介石見大勢已去，被迫下野。時當大陸撤退前夕，在上海常聚在一起談論國事的精英知識份子：如胡適、傅斯年、杭立武、陳雪屏、王世杰、雷震等人，一致認為國民黨需要改造，政治需要批評，權力需要制衡，並推舉王世杰、雷震二人赴溪口提出辦理《自由中國》雜誌之理念，經獲蔣中正首肯，允予經濟上支援。

雷震出身於國民黨高層，歷經「參政會」、「政治協商」暨「國大制憲」三大階段，深知積弊之所在，他一生憂國憂民，愛真理，尚正義，不計個人利害，中學時代即參加學生救國運動，反對袁世凱賣國行為，險些坐牢。他留日而反對日本對中國人的歧視，在國民黨又反對其專制和腐化，所言所行，均將在歷史中不朽。台灣當局現今隨時代環境而變化的政策措施，大多是當年雷震大膽提出的主張；例如一九三三年主張教授治校，一九五一年主張廢除三民主義課、對總統無限期連任等等。

由於先知先覺而直言無諱，雷震與國民黨漸行漸遠，與高層矛盾扞格日益加深，其後更因為積極籌組反對黨而身陷囹圄。

雷震繫獄後的二十五年中，「反對黨」即與「叛國者」同義，令人聞之色變。然當年（一九六〇）雷案轟動中外，各國報章雜誌評論不斷，《紐約時報》以第一版篇幅報導，並以「蔣總統的敵人——雷震被判十年」刊出。其他如倫敦《泰晤士報》、蘇聯《真理報》、《華盛頓郵報》，均對雷案消息作第一條新聞處理，香港左派報紙連續四十六天以首要版面聲討，與蔣氏王朝關係密切的美國《讀者文摘》發行人亨利・魯斯，亦仗義直言，可謂親痛仇快。自中國開國以來，以個人不幸遭遇，竟能博得全世界輿論同情與聲討，實以雷震始。其後國府因雷案而蒙羞，各國人權協會相繼聲援，不旋踵間，國府退出聯合國、中美斷交、美中建交，雷氏之預言警語，不幸言中令人唏嘆！

如今，時代潮流巨變，人事全非，然而歷史真相永不磨滅，追究歷史不是為了報復，但歷史的罪債必將得到「報償」。五十多年來的朝野，壓抑與屈辱、腐敗與混亂、鬥爭與掠奪，正一波又一波鞭笞著台灣社會，因果循環，彷彿在喻示著那些被扭曲或遭遺棄的歷史，正如影隨形，追討昨日的欠債歷史扮演了審判者的角色，它也是不折不扣的最後仲裁者。

撫今追昔

金陵

時序進入新紀元，往昔國民黨政府威權體制下的架構，雖然是輪廓依舊，然經世代權力移轉，人事全非，朝野迎接各自的新紀元之際，時代的巨輪繼續向前推進，大環境的潮流也處於急速的蛻變中，迎向一個日新月異的未來。

對於新生代的知識青年來說，昔日轟動中外的「雷案」以及雷震先生為爭取言論自由、追求民主政治，率先提議組織反對黨，因而身陷囹圄的史跡，已是煙籠霧鎖，回顧無從了。茲當雷震先生晚年遺著《新黨運動黑皮書》發行之際，筆者忝為雷先生女婿，有念於鍾山石城，久已寂寞，追懷雷先生生平與中華民國之興衰倏忽，豈能無嘆息痛恨於桓靈之感！謹就個人所知，與讀者重溫一下這大半世紀以來的有關雷先生的一些斑斑往事。

雷震生平

一九一六年雷震東渡日本求學，在東京經張繼、戴傳賢介紹，加入國民黨，時年廿歲，十年寒窗後，畢業於京都大學法學院。一九二七年返國後先任母校浙江省立三中校長，並轉入仕途，任國府法制局編審，與局長王世杰結為知己。一九三〇年任教中央大學，教授憲法。一九三二年轉任南京特別市黨部常委。一九三三年王世杰任教育部長，雷震即隨任總務司長，並即時提出教授治校主張，在教育部任期內，與胡適等學術界人士締交。一九三八年國民參政會在武漢召開，王世杰任秘書長，雷氏出任議事主任。一九三九年任國民黨中央監察委員，一九四三年升任國民參政會副秘書長。

一九四六年初，抗戰勝利不久，國府為求還都南京後推動制憲工作，乃決定召開各黨派的政治協商會議，由於當局倚重，雷震出任為大會秘書長，各方咸認為不二人選，也正由於雷震的正直無私，忠誠謀國的處事基調，加以不阿諛，不巧言令色，不計較名利的素行，贏得了各方友誼，尤與周恩來、董必武、張君勱、左舜生、李璜等相知甚稔。同年國府還都南京後，雷氏被任行政院政務委員制憲國大代表，並兼任國大副秘書長，名記者陸鏗曾形容雷氏為南京第一忙人，時當一九四六年底，雷震與吳鐵城、邵力子，陪同張君勱、李璜、左舜生、陳啟天、常乃惠、周恩來、董必武、梁漱溟等人，在南京交通銀行大樓連續開了十天會議，所擬定東北問題和平方案，因為國共兩黨師心自用、毫無誠意而撤回，和平已瀕破裂。

其後，徐蚌會戰失利。一九四九年元月廿一日，蔣中正宣告下野，翌日雷震與王世杰相偕離京赴滬，在上海那一段時期，雷氏與胡適、傅斯年、杭立武等人，常相盤桓，交換對時局的看法，決定以言論督促政府改造，王世杰、雷震並親赴溪口向總裁報備，而同年四月六日胡適啣命赴美，在上海乘船赴美途中，也草擬了刊物發行宗旨寄交雷震，是為同年十一月《自由中國》半月刊在臺北正式發行的前引。同一年間，戰事急轉，風雲變色，雷震亦以一介文士在野之身，立下遺書，參與了上海及廈門的保衛戰役。十月間廈門棄守，回到臺北繼續積極展開刊物發行之未竟工作。

《自由中國》創刊伊始即獲各方好評如潮，然而因直言無諱，得罪當道，引發國府各路人馬，護主心切，開始圍剿打壓。此時胡適曾發表「寧鳴而死，不默而生」為雷震打氣，其後倡議為雷氏立銅像表彰其為爭取言論自由之奮鬥事蹟。一九五八年當胡適回國就任中央研究院長，發表贊揚雷震的同時，國府黨政軍特單位已奉指令，策劃「打雷計畫」。先從《自由中國》評論文章下手，斷章取義，羅織為匪宣傳之罪名，待機為雷震科刑論罪做準備工作。（其中梗概得自《國防部檔案選輯》，並摘要編入《雷震案史料彙編》一此項新書發表會已於二〇〇二年九月四日由陳水扁總統親臨主持，並發表「不容青史成灰」之談話。）

公元一九六〇年，轟動中外的「雷案」終於發生。雷震鋃鐺入獄，遭軍方判刑十年，各國報章雜誌評論不斷。《紐約時報》以第一版篇幅報導；與蔣氏父子關係良好的美國《讀者文摘》發行人亨利・魯斯亦仗義執言；其他如《華盛頓郵報》、蘇聯《真理報》、倫敦《泰晤士報》、《科學箴言報》、《朝日新聞》均以首要版面連續加以聲討，各國人權協會紛紛加入聲援陣營，自中華民國開國以來，以個人不幸遭遇竟能博得全世界輿論同情與撻伐，實以雷震為始，可謂親痛仇快，聞者太息。

雷震行誼二三事

一九四一年雷震時任參政會副秘書長，在這號稱戰時最高民意機構中，他代表國民黨與各黨各派溝通，虛心聽取各種不同的批評意見，竭誠為各黨派代表解決問題和困難。當年十二月八日，珍珠港事變第二天，日軍著手進攻香港，由重慶派往香港搶救有關要員的飛機，居然發生了接運蔣夫人胞姐即孔祥熙的太太宋靄齡的狗而不運人的怪事，引發了昆明西南聯大的學潮。事情本身與張君勱毫無關係，但蔣中正聽信特務的讒言，不僅下令關閉張先生在昆明所辦的民族文化書院，而且將這位國社黨（後來的民社黨）黨魁軟禁在重慶南岸的汪山，一年多以後雷震聽聞此事後，挺身而出，親到汪山求證內情，回來據理力爭，才使張先生恢復自由，對於國民黨任意侵犯人權，雷氏與各黨派接觸後聽聞甚多，此次張君勱以一代名憲法學者加以黨魁之尊，亦免不了遭受軟禁之實，是他親眼所見，親耳所聞。當即覺得事態嚴重，乃負責起草「保障人民身體自由辦法」，成為提審法施行前的基本過渡辦法。經政府於一九四四年八月一日公布實施。

一九四九年元月，蔣中正宣布下野的前幾天，雷震接受各報訪問時指出：「此時此地我是反對和談的，那無疑是投降。」翌日張群邀約晚餐，在座的有張君勱兄妹、陳博生、張治中、邵力子、吳鐵城夫婦和葉公超等人。席間張治中板起面孔問雷震為什麼要反對和談，雷氏立即正色告之：「那是表明個人堅決的態度。」同年的三月底，雷震也在臺灣發表過同樣反對和談的話，臺灣各報都有記載。其後張治中、邵力子均於大陸變色前夕變節投共。（詳情可參閱一九六〇年十月四日臺灣各報所載之雷震「軍法申辯書狀」全文。）

在風雲變色的一九四九年，上海保衛戰序幕之際，雷震以在野黨員之身投身參予，協助湯恩伯將軍戍守上海，因部隊濫捕學生四百餘人，羈押達兩週之久，遲不結案。雷震主張從速處理，釋放無辜者，與湯恩伯發生激烈的爭執，幾乎傷了彼此幾十年的交情，後經谷正綱居中緩頰，允予從速結案而罷。

雷震及《自由中國》軼事

《自由中國》雜誌發刊於一九四九年十一月廿日，各界反應良好，銷路直線上升，締造了當時出版界的奇蹟。同年的十二月四日，時任海軍總司令的桂永清致函雷震答允先行訂閱三百本；十二月十四日臺灣防衛司令孫立人亦致函雷震，贊揚《自由中國》立論精闢，為今日宣傳鬥爭中有力之利器，已通飭所屬各單位訂閱；最諷刺的是該刊發行兩年後，於一九五二年八月廿二日，遠在富國島的黃杰將軍致函「自由中國」社，大意云：「海外孤軍獲此精神食糧，逾於珍饈，不獨慰其飢渴，亦將壯其身心」云云，不意八個年頭過後，蔣氏父子製造「雷案」時，即令由黃杰執行，想必他早已忘了昔日他流落異域時的讚美，更遑論昔日贈閱的情誼。

雷震一九五一年訪港返臺後即獲學者錢穆致函，謝其來港體察滯港人士之艱困，並允為《自由中國》寫稿以回應雷氏以「中國傳統精神與共產思想對比立論」之命題。

以上資料均來自雷震《秘藏書信選》內，讀者當可一窺《自由中國》創刊初期之一些典故，茲再引錄半世紀之前，臺大哲學系名教授殷海光與雷震的一些簡短筆談，箇中妙趣橫生，其人物性格亦呼之欲出矣——

儆寰先生：

手書敬悉。

日昨致函實因光對某君過於胡鬧有所感觸而發，數載來先生為編行「自由中國」所任勞怨，早為「自由中國」同人暨海內外嚮往民主自由人士共鑑，固無待光喋喋不休也。

以光所見，值茲橫逆關頭，病「自由中國」之人之言豈能絕種？但吾人若能堅守立場，持之以恆，穩步求進，則天迴地轉之日，大多數人必能認識吾人揭櫫之真理，而先生等之努力可證明並未白費也。敬祝　編安

末　殷海光上四十二・八・十七

海光先生：

「中國一週」駁我們的這篇文章是斷章取義，希先生為文斥之，該刊過去已二度駁我們，我們沒有理他，這次盼先生教訓他一番何如？　儷祉

弟　雷震上四十四・九・十三

雷先生啊！

處此時代與環境，我們只有接受構陷，（？）在困難中圖存，曲折中求進，這種大作在下看不懂從何駁起囉！

海光頓首即覆

儆公先生：

欣聞老前輩斷尾，誠新春一喜訊也，可祝可賀，從此先生更可本平民立場為民主事業奮進不休也。敬祝　新年快樂

後學　殷海光四十四・一・四

按：斷尾係指雷先生遭國民黨開除黨籍事，由以上二位先哲的幾封短函中，可以體察到，斯時《自由中國》處於國府開始施壓構陷、羅織罪名之初期。字裡行間，當年的不屈不撓，相互打氣，已躍然紙上矣！

雷震以生命見證民主真理

雷震一九七〇年九月四日出獄前夕，軍方於七月間強行搜走他在獄中力作「回憶錄」原稿，他曾堅拒出獄以示抗議，同年八月軍方在軍監內召開臨時偵訊庭，作勢欲以該項未經發表之手稿內容重行定罪，以延長刑期威脅，因見雷先生態度堅決，乃改託詞，以原稿事涉敏感，暫予保管，允予適當時期歸還，由於當時已有中外記者關注雷震出獄之事態發展，經決策階層指示，改採一切疏解之能事，雷先生在老友說項、親情環繞下，幾經周折、心靈掙扎，終於九月四日如期出獄。

雷震出獄後，特務廿四小時監控，外籍記者迭經曲折管道追蹤採訪，其間遭遇之阻撓與警告不在話下，但他關心國事、批判時政一如往昔，並曾於一九七二年初親送「救亡圖存獻議」萬言書致總統府，內涵廣泛，除建議起用新人新政外，並請蔣中正四屆任期屆

滿後不再競選，建議大赦政治犯，應立即恢復張學良、孫立人之個人自由，又如李敖等青年才俊被捕近一年，既不起訴又不審判，應予釋放或交保，以尊重《刑事訴訟法》。其後有關警總抓人，在鬧市將《臺灣政論》總編輯張俊宏押到部內盤問三小時，質問刊登邱垂亮的〈兩種心向〉文章之心態，雷震指出那是嚴重的干涉言論自由。

有關本篇回憶錄之來龍去脈，我也在此略作報告：雷震先生著此篇手稿時，已瀕臨生命末期，那時老人家已病痛纏身，由於早年身處縲絏，攝護腺宿疾未能及時治療，已轉癌症，出獄後經三總手術數次，又照鈷六十，亦無起色，後以癌細胞侵入腦部，又經手術後病逝榮總，得年八十三歲，他在淒涼的晚景中，猶以國事為念，趕寫此濃縮之「回憶錄」，字裡行間有感力不從心，讀之惻然，令人鼻酸者有之，驚奇者有之，可讀性甚高，容或有爭議，但真理愈辯愈明，有賴方家指正。

在此也要感謝已辭世的黨外前輩郭雨新先生，早年他避秦華府，適我們全家亦來美蟄居於舊金山灣區，偶然的機會得識郭先生在此間的聯絡人楊紹福博士，嘘唏滄桑往事，得知郭老刻居華府，當下內子美琳即與聯絡，承郭先生告之以先岳雷震先生有份手稿經人輾轉帶到美國，現存彼處，囑設法來取，因大哥紹陵移居紐約多年，得訊後即驅車親往領取。數年後，美琳和我遠赴冰島探望孫女，回程在紐約停留，經大哥大嫂親自將這份手稿交美琳帶回舊金山，如今，郭雨新先生暨大哥紹陵均已先後作古，謹在此表達對他們的感謝和懷念！

綜觀雷先生一生光明磊落，充分的發揮了生命的意義，回顧他一貫主張推動的基本人權、言論自由、學術自由、政黨政治、司法獨立，以及他曾所堅決反對的反攻神話、軍隊黨化、總統終身制、父傳子之家天下，都一一現了原形，從長遠的歷史來看，他一直是在以生命為真理作見證。

姻緣路上

金陵

官校學生時代，每逢假期回台北，總是會和昔日建中老友，當時官校同袍如李淵民、宮天寧、朱偉岳等同遊。那時，大家都是好漢一條，舉凡郊遊、餐聚或舉辦家庭舞會，凡歡樂假期所不可少的項目應有盡有。在一個偶然的機緣下認識了美琳——與我結縭了三十八載的賢內助。她是宮天寧妹妹的同班好友，秀外慧中自是不在話下，對我來說，人生的另一種尋尋覓覓總算有了方向。

官校畢業後，緊接著赴陸戰隊受訓。八二三砲戰伊始，又轉回海軍艦艇服務（容後另述），奉派美亨軍艦任航海員，參與運補金門料羅灣，間或乘潮汐摸黑運補小金門。軍務倥傯之際，總是以書信與美琳聯絡。由於艦艇行蹤無定，周賓森在左營的住所就變成了我與美琳間的情書收發站。其中以收件居多，發文由我主控。在四年的海上經歷中（美亨兩年，永壽兩年），所幸還有返基地整修之空檔期，我沒有放棄每一分鐘能活躍在台北的機會，真所謂海陸空緊迫釘人追逐戰，幸虧好久以前很年輕。在旗津修船期，我是高雄至台北間夜快車的常客；在基隆整補，到台北的公路直達車，絕對有我的蹤影；船靠馬公，想盡辦法坐C-47空運機也要回台北松山。信不信由你，每次我乘特快車自高雄回台北或是台北回高雄，我祇要買一張月台票即可通行無阻。這隱藏了四十年的祕密曝了光，而當年祇有小宋他們幾個四十九年班小老弟心中明白。每有同班同學回台北總免不了拜託他們捎信給美琳，並囑轉告我的一二近況，稍解兩地相思。這方面當然是在總部的高理民效勞最多，且也難免貼了電影票和飯錢。那時候美琳在衡陽街彰化銀行上班，不少學長學弟皆受我之託傳遞信息，特在此一併致謝。

望前塵煙籠霧鎖

且說那年我從永壽艦調任士官學校隊職官，由於愛情長跑將近終點，乃按軍人結婚條例需先呈報國防部批准之規定填表呈報如儀，未想到在服務單位就遭遇到第一道關卡。當時士校政三科科長武和軒百般刁難，語帶威脅，要我放棄申請，勸我犧牲婚姻。生性不羈的我，那裡會吞得下這口鳥氣，桌子一拍，讓他看著辦好了。俗語說：「好事多磨」，時當白色恐怖時期，家岳父雷震先生，由於創辦《自由中國》雜誌，直言無諱，為當道不容，於民國四十九年遭非法逮捕，陷入政治黑獄，成為關鍵時刻的殉道者，此所以當時我在士校的結婚申請雖經呈報，久未見覆之故。隨後我又奉調台北海軍儀隊服務，當機立斷，毅然決然擇期於民國五十一年二月十二日在台北國軍英雄館舉辦簡單而隆重的婚禮。老報人成舍我先生主持婚禮，除雙方親友外，賀客中有家父黃埔軍校同學，我的北部海軍同學、學長、學弟均撥冗參加。美琳世新第一屆同班同學皆全體出席。她唯一的遺憾是父親繫獄未克親自主持愛女的婚禮。《聯合報》採訪主任于衡發佈台北外記新聞一則，標題為「雷震獄中嫁女」，卻引起軒然波折，蓋不久海總即發佈公文曰：「金員擅自結婚著記大過兩次，眷補不予核發」云云。

婚後本人不服，據理力爭未果，乃赴輔導會面見蔣主任，經交海總江國棟主任會辦，江主任批示：「上代有罪，不得牽連下代無辜」。總算是大過取消，眷糧照補。

在杯弓蛇影中，儀隊幹滿一年後，透過人事署自行選調人參室，終日無所事事，薪水照拿。在後山學麻將之餘，居然與劉和謙少將談及己事。這位謙謙君子學長感觸地勸我，不如趁年輕申請退伍，另闢江山。言者諄諄，回家後即擬簽呈，經批示：「該員經歷發展既受限制，准予淘汰」。老總就是這樣批示的，我也頗能體諒他的處境。在形格勢禁的當時，就這樣我向海軍揮手告別，但我以斷刀上尉為豪。

盼來日雲開月明

民國六十三年我移民美國，迄今已二十五個年頭。婚後育有兩男一女，對父母非常孝順體貼。長子今年三十七歲，得一長孫現年七歲；次子三十六歲，得一孫女是中國與冰島的混血，今年已十六歲，亭亭玉立，可以說是冰島的唯一中國人；女兒今年三十歲，已有一將近兩歲的外孫，女婿是波蘭人，傳統和個性與中國人酷似。

我目前將屆退休年齡，雖然本人事業無成，但是後繼有人，煙火依然旺盛，感覺上是大器晚（輩）成。所幸身心健全，俯仰無愧，天馬行空之餘，猶未感到老之將至。

附記：

1、朱偉岳和桑秀雲的婚禮比我和美琳的婚禮早了一天，迄今也是三十八個年頭過矣。人未老珠猶未黃。據瞭解：某年某月某一天，老朱約了桑某去看《天鵝湖》，觀後老朱告訴桑某人說她神似《天》片中的女主角。朱桑定情伊始，一路走來平穩踏實。目前他們正含飴弄孫，樂在其中。

2、李淵民自從娶了台北北平修養齋先生的女公子，經過高級的修養與保養，終於由「李棍」變成了「李胖」。

3、飽經滄桑一美男——宮天寧，這一生過得多彩多姿。有女人緣，卻不冒姻。本人曾參贊紅娘一角，被他自己搞砸了。目前他風度翩翩，尚有可為，下五年遊蕩期間，隨時可踏上紅地毯，為祝為頌。

1999年8月

敬悼亡友洪燕謀

金陵

燕謀過世已一年多了，他走得很安詳，很自然。連時辰都是他自己訂好的。或許是他自知無力回天，又不願意太麻煩家人，所以把去年（一九七四）夏初去日本，求醫之行取消了。他珍惜在這人世間最寶貴的一段短暫時光，他用來從容安排身後之事，把握與家人團聚的最後機會，這是他生性沉潛睿智的表露。

儘管一個人的消逝，並未中止塵世間的紛至沓來。熙熙攘攘的人間依然如昨日，但在燕謀同儕朋友中，尤其是在與他朝夕相處的妻子兒女的內心，感受上便會迥然不同。畢竟，一個樂天知命的典型達觀人物，一個俯仰無愧於天地間的充實生命，一個永遠在求新求知的高科技領域裡的前瞻者，一個完美無缺的丈夫和父親，突然間對生命劃上休止符，的確會讓那些仍然沉浸在他那爽朗笑聲的親人朋友們，一時感到張惶失措，低徊傷感，其奈蒼天我何？

燕謀一生待人以誠，熱心助人，是一位表裡如一的謙謙君子，他聰明絕倫而大智若愚，中英文造詣均在水準之上，嗜好橋牌，是國內著名的高手，雖然個性沉潛，卻又內心熱情洋溢，我想這是當他在病情沉重時，仍能保持從容幽默的原因。對於這樣一位傑出的朋友溘然長逝，遺憾之餘，除了感嘆外，真不知道該說些什麼悼念的話才好？

燕謀和我同年，生於憂患，歷經抗日戰爭，大陸撤守，在動盪歲月中，由於上有父母蔭庇，加以少年不識愁滋味，此所以在連天砲火聲中，我們的弦歌歡笑，從未曾中斷過。

那年我和燕謀同時進初中一年級，就讀於南京市立二中，校址就在鼓樓附近，對面就是金陵大學，有時我們會越界去金大校園踢小皮球（足球代用品）。大雪紛飛的日子，我們也會在鼓樓公園堆雪人，打雪戰。

升入初中二年級那一年，學校遷址主籌市口，離玄武湖不遠，班上同學常聚在五洲公園參與紅十字會及各項童子軍活動，荷葉深處都是我們的蹤跡所在，但可嘆的是人生如湖上的浮萍；這時，徐蚌會戰已迫在眉睫，大戰一觸即發。大人們忙著逃難，班上的同學漸漸的少了，每天似乎都有人在辦退學手續，每週的音樂課，我們都會為即將離校的同學唱一首「珍重再見」！是燕謀或是我先離開南京的，已不復記憶了，大約將近一年之後，這位二中時代的同學，又在台北建國中學重逢。歷劫歸來，歡愉之情可知，大家又共同度過了三年的高中校園生活，畢業後，雖偶有見面，但已不若往昔悠閒從容，大家各忙各的天地，祇是偶爾互通信息而已，而他負笈美國後就連絡中斷幾達二十五年之久，這也是他此生命中變化最大的二十五年。

如果不是偶然的機緣，也許就不會再有見面的機會，那年我因事返台北小住兩月，回美後，內子雷美琳當即告訴我無意中遇見我的一位老同學，名叫洪燕謀，留下電話囑我聯絡，當時我感到驚喜而意外，驚喜的是他鄉遇故知，感到有些意外的是內子並不認識他，因燕謀出國時我尚服役軍中，並未結婚。後來弄清楚原來是燕謀的一位鄰居長輩請客，美琳偕小兒少陵赴宴，飯後大家聊天，燕謀談起回南京曾訪母校事：正巧一九八四年美琳和我重遊南京玄武湖時，我曾提起昔日二中往事，所以當時美琳好奇多問了兩句，才知道燕謀是我老同學。經過連絡後，雖然彼此將近五十年不見，但他還是那老樣子，風趣幽默，不減當年。此後十年間，我們常有往來，直到他去年初病發，八月上旬與世長辭為止。

往事歷歷如繪，彷彿間我似乎又回復到南京同唱驪歌的那一幕，將近五十年前的情景，在時間的幽光中，又重現在眼前，不是嗎？悲愴的音符在音樂老師彈指間如流水行雲，在哽咽中大家唱出：「濃密密的烏雲滿山頂，疾駛過山嶺上的樹林，山谷中襲來悲涼的野風，激動起我們的別時離情，珍重再見……到下次相見前，我們將感到辛酸……」。剎那間，憶如潮湧，心中酸楚亦再冉冉升起，但時光已不會倒流。

因緣際會——南灣歌友會成立十六年之前因後果

金陵

煙籠霧鎖的前塵往事

南灣歌友會正式成立於一九八九年冬，地點為設於金山灣區矽谷中心地帶桑尼維爾市的美而廉餐廳。而在此之前南灣歌友們的活動地盤卻是同在桑市的竹園餐廳，地當半導業者附近，AMD、Intel、International等著名公司均環伺左右。因之生意興隆，時當一九七八年前後，該店系由旅居日本多年的呂氏姐弟三人所開設，由於地利、天時、再加上人和，日進斗金，忙得不亦樂乎。

一九八六年間，呂家小弟建立（Jerry）買了一台卡拉OK機器。在當時卻是開風氣之先，各方友好蜂擁而來，每逢週末更是高朋滿座。成員涵蓋以半導體業者、工程師、中文學校老師為主。百分之九十五是夫妻檔，每逢週末各家安頓好了小孩便不約而去竹園同樂。他們可算是南灣歌友會的黃埔一期生，外界卻以竹園幫名之。計有黃八揆、張卉、鴻鴻、邢承華・湯竹曉、陶雲・張東美、周曉曦・林阜生、邱智美・陳斯宇、房貴香夫婦、孫世光夫婦、我和雷美琳、陳陵・楊良淵、苗豐幗、臧大化和他的員工們每日必到，偶有來訪作客的如苗豐盛夫婦、徐大麟夫婦、陳樹柏夫婦、而趙光斗、黃炎松、于東海三兄弟則是竹園的座常客，竹園後期陸續返台的年輕工程師們，如今成家立業、遊走於兩岸之間的科技新貴，就不在此一一枚舉了。

南灣歌友會成立後不久，寶刀合唱團也在矽谷崛起，響噹一時紅遍灣區，其成員如劉麗平、陶融，就是由歌友會引申出去的，其後加上杜維新助陣，每逢大專校聯會年會，「寶刀出鞘」是少不了的壓軸戲。至於後來風雲灣區多年的梅華歌舞會，也有不少南灣歌友會的身影。而其絕代的風華，亦因為人物的星散，散落成片片的回憶。歌舞雙全的伍樺姊妹，據了解仍在 L.A. 開班授徒，偶爾回灣區娘家探親與我聊起前塵往事，不勝唏噓。

一九八九年下半年，臧大化所屬的公司欣欣向榮之際，呂建琳（Cathy）由賢內助換跑道為賢外助，竹園換了老闆，於是歌友們轉移到鄰近的美而廉餐廳，繼續艷名四播，並正式成立南灣歌友會，選出第一屆會長，由海軍退伍的斷刀上尉金陵出任，副會長兩位係由科技界的鄒成虎、張穎浚出任。

南灣歌友會宣佈成立後，立即展開正式揚名立萬的生涯，在一九九〇年做了三件好事，因此一炮而紅，歷久不衰。首先的第一件事，就是響應舊金山博愛中心的慈善捐款，假南灣華僑文教中心辦了個晚會，募了伍仟元，林炳光先生由舊金山親自來向歌友會致謝意。第二件事，就是為庫柏蒂洛的隋景祿募款助選學區委員，也是假文教中心粉墨登場，結果是隋景祿順利上壘。第三件事比較茲事體大，中國大陸那年洪澇為患，受害慘重，同胞物與、感受良深，當即決定發動募款賑災，召集歌友會成員開會後開始分工，承《世界日報》蘇民生慷慨相助，免費登了全頁廣告，各界反應熱烈，灣區餐館業者共襄盛舉，共有兩百多家參與，劉麗平為此分勞最多。他們有的捐贈精緻的菜餚，派專人在場打理，有的認購入場券（每券US$100元），當晚文教中心盛況空前，歌友會全員到齊，現場賣唱不說，再加上義賣各界贈品募得一萬伍仟餘元，去掉場地一應開銷尚餘一萬參仟多元，週末過後，立即由餐飲業者代表五人送交舊金山總領事館具領，那次晚會在記憶中是文教中心最爆滿的一次，場內連站的位置都沒有，場外也站滿了人，大門外還有人遊行舉牌，抗議我們為什麼不將募款交給台灣紅十字會，而逕交金山領事館，令人啼笑皆非。對於那天的盛況我們要感謝杜維新的拔刀相助，喜福居外送團隊的現場派菜措施，林孝悌和余超權的全場控制及佈置，香滿樓、明園、狀元樓、小二、楓林小館、玫瑰園、慶和、河橋村、青島等餐館精美的菜餚，使得這場人溺己溺的同胞愛發揮得淋漓盡致。

南灣歌友的第一次萬聖節化裝舞會是在竹園舉辦的，由周曉曦、林阜生籌劃，初試啼聲，滿場喝采。第二次萬聖節舞會，在美而廉舉辦，名影星葉楓、林翠均盛裝出席並獻唱助興為晚會帶來高潮，張艾嘉的媽媽魏蜀娟也是美而廉的座常客，能歌善舞，最喜歡唱「愛妳一萬年」，酒量好，牌藝精，唱完歌後在我家打通宵麻將，被她一斬三。每年來桑尼維爾度假的趙鐵頭（趙耀東）每到灣區必來報到，常常一進門就告說今天的麻將他勝了，不要我請客。一九九〇年美而廉正式開張，由陳樹柏切蛋糕，玫瑰皇后陶曉君剪綵，目前身為兩岸三地最資深的海軍將領陳慶甲將軍派人送來花籃致賀（按：陳將軍是對日抗戰時的駐印度武官，後在台任情報局長，為辜正甫的親表弟；前國家安全局長汪敬熙上將伉儷，結婚四十週年，也是在歌友們的祝福聲中度過的）。歌壇才子邵孔川，一九九〇年夏加盟本會，高凌風每次來賭城雷諾獻唱西洋歌曲必邀其助陣，目前開班授課，名滿灣區，但很少人知道他的撞球技藝，已被列入全美前二十名。在台灣與蔡琴、葉倩文合唱過的孫鵬萬，仍然常自 L.A. 回灣區參與本會英文組的演出，他的姐姐孫少茹女士是響譽國際的名聲樂家，在歐美各大歌劇院均留下她繞樑三日、盪氣迴腸的音影。

在眾多難忘的人物當中，記憶常存於歌友心中的， 應該是 DJ Eugene（龔友愚）。他是灣區出名的業餘 DJ，當時在 Xerox 上班，常到《世界》、《星島》兩大報社去修理保養機器，閒暇最多，常到竹園來串門子，對於音響，他是專家，竹園的一套音響在他的建議之下，聲色俱佳，每次他來竹園總會有五十元車馬津貼，外加一碗大滷麵當宵夜，大家從此樂此不疲之後，換到美而廉，他也開始整頓音響和舞池，由於場地稍小，但五臟俱全，每逢週末場內擠滿了五、六十人，但門外有寬闊的走廊，再加上五、六張桌子，自成天地於外，喝酒聊天，欣賞音樂，日子過得如度蜜月。所以 Eugene是南灣歌友會的功臣，此說絕不為過。他不幸於二〇〇四年因食道癌延誤醫治過世，得年六十二歲，留給歌友們無限追思。

第二位值得我們追思懷念的人就是海軍出身的外交官湯紹文學長，他是南灣歌友會二〇〇一年的副會長，他那獨特沙啞的聲帶唱起英文歌來，韻味十足，他是因為肺癌醫治延誤而去世的。一九八